도련님

초판 1쇄 인쇄 2025년 7월 23일
초판 1쇄 발행 2025년 8월 1일

지은이   나쓰메 소세키
옮긴이   장하나

펴낸이   이성림
펴낸곳   성림북스

책임편집   김화영
디자인   노영현

출판등록   2014년 9월 3일 제25100-2014-000054호
주소   서울시 은평구 연서로3길 12-8, 502
대표전화   02-356-5762 **팩스** 02-356-5769
이메일   sunglimonebooks@naver.com

ISBN   979-11-93357-72-9 (03830)

· 책값은 뒤표지에 있습니다.
· 이 책의 판권은 성림원북스(성림북스)에 있습니다.
· 이 책의 내용 전부 또는 일부를 재사용하려면
  성림원북스(성림북스)의 서면 동의를 받아야 합니다.

도련님

나쓰메 소세키

장하나 옮김

성림원북스

차례

도련님
_7

역자 후기
도련님, 웃음과 갈등 속에 성장하다
_188

일러두기

1. 《도련님》은 1906년부터 1907년까지 〈도쿄 니치니치 신문(東京日日新聞)〉에 연재되었습니다.
2. 이 책은 《坊っちゃん》(신초문고, 1950년 1월 31일 발행)을 원본으로 삼았습니다.
3. 본문 하단의 각주는 옮긴이의 것입니다.

1

 나는 부모에게 물려받은 무모함 탓에 어릴 때부터 손해만 보고 살아왔다. 초등학교 시절, 학교 2층에서 뛰어내렸다가 허리를 삐끗해 일주일쯤 제대로 걷지 못한 적이 있다. 누군가는 왜 그런 터무니없는 짓을 저질렀느냐고 물을지도 모르겠다. 딱히 이유는 없다. 새로 지은 건물 2층에서 고개를 내밀고 있는데, 밑에서 같은 반 친구 하나가 장난삼아 "네가 아무리 잘난 척해도 거기선 못 뛰어내리겠지? 이 겁쟁이야—!" 하고 놀렸기 때문이다. 학교 사환의 등에 업혀 돌아왔을 때, 아버지는 눈을 부라리며 "2층에서 뛰어내려 허리를 삐는 놈도 있냐?"라고 성질을 냈다. 그래서 나는 다음번엔 안 삐고 뛰어내려 보겠다고 대답했다.
 하루는 친척에게 선물받은 미제 나이프의 번뜩이는 칼날을, 친구들 앞에서 햇빛에 비추어 보이며 자랑하고 있는데, 한 녀석이 "번쩍거리기만 하지, 잘 안 들 것 같은데" 하고 비아냥거렸다. 그래서 "안 들긴 뭐가 안 들어, 뭐든 다 잘라!" 하고 큰소리쳤다. 그러자 "그럼 네 손가락이라도 잘라 보든지" 하고 부추기는 통에 "손가락쯤이야, 잘 봐라" 하면서 오른쪽 엄지손가락을 사선으로 그어버렸다. 다행히 칼이 작고, 엄지손가락 뼈가 단단해서 지금도 손가락은 붙어 있다. 하지만 흉터는 죽을 때까지 남을 것이다.

우리 집 마당에서 동쪽으로 스무 걸음쯤 가면, 남쪽 끝에 아주 작은 텃밭이 있고, 한가운데엔 밤나무 한 그루가 서 있다. 이 밤나무는 내 목숨보다 소중하다. 밤이 익으면 아침에 일어나자마자 뒷문으로 나가, 떨어진 놈부터 주워 학교에 가져가 먹는다. 텃밭 서쪽은 야마시로야라는 전당포 집의 마당과 이어져 있는데, 그 집에는 간타로라는 열서너 살쯤 된 아들이 살고 있었다. 간타로는 알아주는 겁쟁이다. 겁쟁이 주제에 대나무 울타리를 넘어와 우리 밤을 훔치려 들었다. 어느 날 저녁, 나는 문 뒤에 숨어 있다가 마침내 간타로를 붙잡았다. 간타로는 궁지에 몰리자 죽기 살기로 내게 덤벼들었다. 상대는 나보다 두 살 위다. 겁쟁이라도 힘은 더 셌다. 간타로는 커다란 머리통을 내 가슴팍에다 사정없이 들이대다가 결국 미끄러졌고 그 바람에 녀석의 머리가 내 기모노 소매 안으로 쏙 들어오고 말았다. 손을 쓸 수 없게 된 내가 마구잡이로 흔들자 소매 속 간타로의 머리도 요리

조리 흔들렸다. 나중엔 괴로웠는지 간타로가 내 팔을 꽉 깨물었다. 나는 너무 아파서 간타로를 울타리로 밀어붙이고는 다리를 걸어 울타리 너머로 확 자빠뜨려 버렸다. 전당포 집 마당은 텃밭보다 2미터는 낮았다. 녀석은 대나무 울타리를 반쯤 무너뜨리며 자기네 마당 쪽에 고꾸라진 채 끄억 소리를 냈다. 그때 내 한쪽 옷소매가 뜯겨나가면서 손이 자유로워졌다. 그날 밤, 전당포 집에 사과하러 간 어머니는 그 김에 뜯긴 소매도 되찾아 왔다.

이것 말고도 나는 말썽을 꽤 부렸다. 목수네 가네코랑 생선가게네 가쿠를 데리고 모사쿠네 당근밭을 엉망으로 만든 적도 있다. 이제 막 싹을 틔우기 시작한 당근밭에 짚이 잔뜩 깔려 있길래 그 위에서 셋이서 반나절 내내 씨름을 했더니 당근이 몽땅 못쓰게 돼버렸다. 어느 날은 후루가와네 논에 있는 우물을 막았다가 들켜서 혼쭐이 난 적도 있다. 굵은 대나무 마디를 뚫어 땅속에 꽂아서 논에다 물을 대는 구조였는데, 아무것도 모르는 나는 물이 더는 나오지 않을 때까지 그 안에다 돌멩이와 막대기를 마구 쑤셔 넣어버렸다. 그러고는 유유히 집으로 돌아와 밥을 먹고 있는데, 후루가와가 얼굴이 시뻘게져서는 고함을 치며 들이닥쳤다. 그때 아마 부모님께서 돈으로 무마했었지 싶다.

아버지는 내게 살가웠던 적이 없다. 어머니는 형만 편애했다. 형은 쓸데없이 피부만 하얘 가지고, 허구한 날 연극

흉내를 내며 여장하는 걸 좋아했다. 아버지는 나를 볼 때마다 어차피 글러먹은 놈이라고 했다. 어머니는 성질이 더러워서 앞날이 걱정된다고 했다. 하긴 글러먹긴 글러먹었다. 보다시피 이 모양 이 꼴이니까. 앞날이 걱정된다는 말도 틀린 말이 아니다. 그나마 감옥에 안 간 게 다행이다.

어머니가 병환으로 세상을 떠나기 이삼일 전에 나는 부엌에서 공중제비를 돌다가 아궁이 모서리에 갈비뼈를 찧어 아파서 혼났다. 어머니가 꼴도 보기 싫다며 불같이 화를 내는 통에 나는 친척집에 가 있었다. 그러던 차에 어머니가 돌아가셨다는 소식이 들이닥쳤다. 설마 그렇게 빨리 돌아가시리라고는 상상도 못 했다. 그렇게 큰 병인 줄 알았다면 좀더 얌전히 있을 걸 후회하면서 집으로 돌아왔다. 형은 나를 보더니 "이 불효자식아! 너 때문에 어머니가 일찍 돌아가셨잖아!" 하고 화를 냈다. 너무 분해서 형의 뺨을 후려쳤다가 아버지한테 호되게 혼이 났다.

어머니가 돌아가시고는 아버지와 형, 나 이렇게 셋이서 살았다. 아버지는 아무 일도 안 하면서 내 얼굴만 봤다 하면 "넌 글러먹었어" 하고 입버릇처럼 말했다. 뭐가 글러먹었다는 건지 아직도 모르겠다. 참으로 이상한 아버지였다. 형은 사업가가 되겠다면서 열심히 영어 공부를 했다. 원래 여자 같은 성격에 얌체 같아서 형과 나는 사이가 좋지 않았다. 열흘에 한 번꼴로 싸웠다. 한번은 장기를 두는데 형이 얍삽

하게 꼼수를 뒀다. 내가 어쩔 줄 몰라 하자 형은 통쾌하다는 듯 나를 놀려댔다. 화딱지가 나서 쥐고 있던 장기 말로 형의 미간을 사정없이 내리쳤더니 찢어져 피가 좀 났다. 형은 곧장 아버지에게 일러바쳤고, 아버지는 나를 호적에서 파버리겠다고 했다.

그때는 이제 어쩔 수 없다고 체념하며 아버지가 하자는 대로 해야겠다고 마음먹고 있었는데, 십 년째 일하고 있는 우리 집 하녀 기요가 아버지에게 울며불며 사정해준 덕분에 아버지의 노여움이 겨우 풀렸다. 그런데도 나는 아버지가 별로 무섭지 않았다. 오히려 기요한테 미안했다. 기요는 원래 유서 깊은 집안 출신이었지만, 메이지 유신 때 집안이 몰락해 결국 남의 집 하녀살이를 하게 됐다고 들었다. 그래서 지금은 할머니다. 이 할머니가 무슨 이유에서인지 나를 유난히도 귀여워했다. 참 희한하다. 어머니도 돌아가시기 며칠 전에 내게 정나미가 떨어졌고, 아버지도 나를 버거워했다. 동네 사람들도 나를 문제아 취급하며 손가락질했는데, 이런 나를 기요는 무턱대고 아껴줬다. 나 같은 건 누가 좋아해줄 리 없다고 포기한 상태라 나는 남들이 나를 쓸모없는 물건 취급하든 말든 아무 생각이 없었다. 오히려 기요처럼 다정하게 구는 사람이 이상하게 느껴졌다. 기요는 가끔 아무도 없을 때면 부엌에서 "도련님은 성격이 참 좋아요" 하고 나를 칭찬하곤 했다. 하지만 나로서는 그 말뜻을 이해할 수 없었다. 그렇게 좋은 성격이라면 기요 말고 다른 사람들도 나한테 조금은 잘해주지 않았을까. 나는 기요가 그런 말을 할 때마다 "아부는 질색이거든" 하곤 했다. 그러면 기요는 "그래서 성격이 좋다는 거예요" 하면서 흐뭇하다는 듯 내 얼굴을 바라봤다. 마치 제 손으로 나를 키워낸 것처럼 자랑스러워하는 눈치였다. 뭔가 살짝 께름칙했다.

어머니가 세상을 떠난 후로 기요는 더욱더 나를 챙겼다. 어린 마음에도 가끔은 왜 저렇게까지 나를 좋아해주는지 이해가 안 갔다. 이제 좀 그만하지, 쓸데없이, 싶다가도 딱한 마음이 들었다. 그런데도 기요는 나를 한결같이 귀여워해줬다. 가끔은 자기 쌈짓돈으로 팥과자도 사다 주었다. 추운 밤엔 몰래 메밀가루를 구해서 죽을 쑤어서는 어느 틈엔가 머리맡에 가져다 놓기도 했다. 어떨 땐 냄비 우동까지 사다 주었다. 먹을 것뿐만이 아니다. 양말도, 연필도, 공책도 주었다. 나중 일이지만, 3엔을 빌려준 일도 있었다. 딱히 내가 달라고 한 것도 아니었다. 대뜸 방으로 찾아와서는 "용돈 다 떨어졌죠? 이거 쓰세요" 하면서 내민 것이다. 나는 물론 필요 없다고 했지만 하도 쓰라고, 쓰라고 해서 결국 받았다. 속으론 얼마나 좋던지. 그 3엔을 지갑에 넣고 품에 넣은 채 변소에 갔다가 그만 똥통 속에 빠뜨리고 말았다. 어쩔 수 없이 꾸물거리며 나와 기요에게 사실대로 털어놓자, 기요는 얼른 대나무 막대기를 찾아와 자기가 꺼내주겠다고 했다.

잠시 후 우물가에서 물소리가 들려서 나가보니 대나무 막대기에 걸린 지갑을 물로 씻고 있었다. 지갑을 열어보니 1엔짜리 지폐가 누렇게 변한 데다 인쇄된 문양이 흐릿해져 있었다. 기요는 그걸 화로에 말려서 "이 정도면 괜찮겠죠?" 하며 건네주었다. 내가 킁킁대며 맡아보고 냄새가 좀 난다고 하자, "그럼 주세요, 바꿔다 줄게요" 하고 나가서는 어디서 어떻게 바꿔 온 건지, 지폐 대신 3엔짜리 은화를 가져다주었다. 그 3엔을 어디다 썼는지는 잊어버렸다. 곧 갚겠다고 말은 했지만, 끝내 갚지 못했다. 지금이라도 열 배로 갚아주고 싶지만, 갚을 수가 없다.

기요는 아버지와 형이 없을 때만 내게 뭔가를 주었다. 나는 남몰래 혼자만 이득을 보는 일을 가장 싫어했다. 형이랑 사이가 나쁘긴 해도, 그렇다고 형 몰래 과자나 색연필을 받고 싶진 않았다. "왜 나한테만 주고 형한텐 안 줘?" 하고 물은 적도 있다. 그러자 기요는 태연하게 말했다.

"형님은 아버지가 다 사주시니까 괜찮아요."

이건 불공평하다. 아버지는 고지식하긴 해도 그렇게 노골적으로 편애하는 사람은 아니었다. 하지만 기요의 눈에는 그렇게 보였던 모양이다. 기요는 사랑에 눈이 먼 게 틀림없다. 신분 있는 집안 출신이라지만 배운 게 없는 할머니니까 그냥 그러려니 했다. 물론 이건 하나의 예시에 불과하다. 편애란 참으로 무서운 것이다. 기요는 내가 나중에 분명 출세

해서 훌륭한 사람이 될 거라고 믿어 의심치 않았다. 그러면서 공부하는 형은 얼굴만 허옇지 별 볼 일 없을 거라고 단정해버렸다. 이런 할머니랑은 도저히 말이 안 통한다. 자기가 좋아하는 사람은 반드시 큰 사람이 되고, 싫어하는 사람은 반드시 망한다고 믿었다. 나는 그때까지만 해도 앞으로 뭘 해야겠다는 생각이 없었다. 하지만 기요가 자꾸만 내가 뭐가 될 거라고 하니까 진짜 그렇게 될 것만 같았다. 지금 돌이켜보면, 우습기 짝이 없다. 어느 날은 기요에게 내가 커서 뭐가 될 것 같냐고 물었다. 그런데 기요도 딱히 구체적인 생각이 있었던 건 아닌 모양이었다.

"근사한 현관이 있는 집에 살면서 인력거를 타고 다니겠죠."

그저 이렇게 말했을 뿐이다.

그리고 기요는 내가 이다음에 집을 갖고 독립하게 되면 자기도 함께 살 거라고 믿고 있었다. "제발 꼭 데려가 줘야 해요"라며 몇 번이나 부탁했다. 나도 왠지 그런 집이 생길 것만 같아 그러겠다고 했다. 그런데 이 할머니는 상상력이 풍부한 사람이라 어느 동네가 좋으냐는 둥, 고지마치가 좋으냐는 둥, 아자부가 좋으냐는 둥, 정원에 그네를 만들겠다는 둥, 서양식 방은 하나만 있으면 충분하다는 둥 혼자서 멋대로 계획을 늘어놓았다. 그 당시 나는 집이고 뭐고 아무 생각이 없어서 "서양식이든 일본식이든 그런 게 다 무슨 소용이야. 딱히 갖고 싶지도 않은데" 하고 대답했다. 그러면 기요는 "도련님은 욕심이 없고, 마음이 참 맑아요" 하고 또 나를 칭찬했다. 기요는 내가 무슨 말을 해도 늘 칭찬만 했다.

어머니가 돌아가시고 오륙 년 동안 나는 쭉 이렇게 살았다. 아버지한테는 늘 꾸중을 듣고, 형이랑은 툭하면 싸웠다. 기요한테는 과자를 얻어먹고 가끔 칭찬을 들었다. 딱히 바라는 것도 없었다. 이 정도면 충분하다고 생각했다. 다른 애들도 다 비등비등하겠지 싶었다. 다만 기요가 도련님은 불쌍하다, 불행하다 내뱉곤 해서, 난 불쌍하고, 불행한 사람인가보다 했다. 그것 말고는 특별히 마음에 걸리는 일도 없었다. 다만 아버지가 용돈을 주지 않을 때는 진짜 힘들었다.

어머니가 돌아가신 지 육 년째 되던 해 정월, 아버지마저 뇌졸중으로 세상을 떠났다. 그해 4월, 나는 어느 사립 중학교를 졸업했고, 6월에는 형이 상업학교를 졸업했다. 형은 어떤 회사의 규슈 지점으로 가야 했고, 나는 도쿄에 남아 학업을 계속해야 했다. 그런데 형은 집을 팔아 재산을 정리해서 규슈로 떠나겠다고 했다. 나는 마음대로 하라고 대답했다. 어차피 형에게 신세 질 마음은 조금도 없었다. 같이 살아봤자 또 싸움만 할 테고, 형도 무슨 트집을 잡을 게 뻔했다. 어설프게 얹혀살았다간 형한테 찍소리도 못하고 살아야 할지도 몰랐다. 우유 배달이라도 해서 먹고살면 그만이라고 각오했다. 형은 곧 고물상을 불러 조상 대대로 내려온 잡동사

니들을 헐값에 팔아버렸다. 집과 땅은 어떤 사람의 소개로 한 부잣집에 넘겼다. 이건 제법 액수가 큰 것 같았지만 형은 내게 자세히는 알려주지 않았다. 나는 한 달 전부터 간다의 오가와마치에서 하숙하고 있었다. 기요는 십 년 넘게 살던 집이 남의 손에 넘어가는 걸 정말 안타까워했지만, 자신의 집이 아니니 어쩔 도리가 없었다. "도련님이 조금만 더 나이가 많았다면 이 집을 물려받을 수 있었을 텐데……." 하며 계속 나를 붙잡고 아쉬워했다. 조금만 더 나이가 많아서 물려받을 수 있는 거였으면, 지금도 충분히 물려받을 수 있는 나이다. 기요는 세상 물정을 전혀 모르기 때문에 나이만 더 들면 내가 집을 물려받을 수 있을 거라고 믿은 모양이었다.

형과 나는 이렇게 갈라섰지만, 문제는 기요였다. 당연히 형은 기요를 데려갈 상황이 아니었고 기요 역시 형을 따라 규슈까지 갈 생각은 전혀 없었다. 그 무렵 나는 두 평짜리 하숙방에 틀어박혀 있었고, 그조차도 언제 내놔야 할지 모르는 불안한 처지였다. 그러니 어쩔 도리가 없었다. 그래서 기요에게 "어디 가서 하녀라도 하게?" 하고 물었더니 그녀는 이렇게 대답했다.

"도련님이 집을 갖고 결혼할 때까지는 할 수 없이 조카한테 신세 좀 지려고요."

이 조카란 사람은 재판소 서기로 먹고사는 데 문제가 없는 형편이라, 지금껏 몇 번이나 기요에게 오고 싶으면 언제

든 오라고 했지만, 기요는 늘 하녀살이를 하더라도 오래 정 붙인 집이 더 좋다면서 기어이 가지 않았다. 하지만 이번만 큼은 낯선 집에 들어가 눈치 보며 일하느니, 차라리 조카한 테 신세 지는 편이 낫다고 판단한 것이다. 그런데도 빨리 집 을 장만하라느니, 어서 장가를 들라느니, 자기가 돌봐준다 느니 하는 말을 계속했다. 피가 섞인 조카보다 남인 내가 더 좋은 모양이었다.

규슈로 떠나기 이틀 전에 형이 내 하숙집으로 찾아와 600엔 을 내놓으며 말했다.

"이걸로 장사를 하든 공부를 하든 너 알아서 해라. 대신 앞으로는 일절 없다."

형답지 않게 제법 선심을 썼다. 솔직히 600엔쯤 안 받아 도 그만이라고 생각했지만, 의외로 담백한 처리 방식이 마 음에 들어서 고맙다고 하고 받았다. 그러자 형은 50엔을 꺼 내며 기요에게 전해달라고 해서 그 돈도 순순히 받았다. 그 로부터 이틀 뒤, 신바시역에서 헤어진 걸 끝으로, 형과는 한 번도 만나지 않았다.

나는 누워서 600엔을 어디에 쓸지 생각해봤다. 장사를 해 봤자 성가시기만 하지, 그렇게 잘 될 것 같지도 않았다. 무 엇보다 600엔 가지고는 제대로 된 장사도 하지 못할 것이 다. 한다 쳐도 남들 앞에서 학벌을 자랑할 수도 없는 노릇이 니, 그렇게 되면 결국 손해만 남는다. 장사 같은 건 치우고

이 돈으로 공부나 하자고 생각했다. 600엔을 셋으로 나누면, 일 년에 200씩 삼 년간 공부할 수 있다. 삼 년 동안 죽어라 하면 뭐라도 되지 않을까. 어떤 학교에 가면 좋을지 고민해봤다. 그런데 솔직히 나는 애당초 공부란 걸 별로 좋아하지 않았다. 특히 어학이나 문학 같은 건 진절머리가 났다. 신체시 따위는 스무 줄 가운데 한 줄도 못 알아들었다. 어차피 싫은 거면 뭘 해도 다 거기서 거기가 아니겠냐는 생각이 들었다. 그러던 차에 우연히 물리학교 앞을 지나가다 마침 학생 모집 공고가 붙어 있는 걸 봤다. 뭐, 이것도 인연이지 싶어 지원서를 받아 바로 입학 절차를 밟아버렸다. 지금 생각해보면 이 또한 부모한테서 물려받은 무모함 때문에 저지른 실수였다.

삼 년 동안 남들만큼은 공부했지만 애초에 머리가 썩 좋은 편이 아니라서 등수는 늘 밑에서부터 세는 게 훨씬 편했다. 그런데 이상한 건 삼 년을 채우자 졸업을 하긴 했다는 거다. 나 자신도 우스웠지만 딱히 불평할 이유도 없으니 그냥 얌전히 졸업했다.

졸업하고 여드레째 되는 날, 교장 선생님이 나를 불렀다. 무슨 일인가 싶어 찾아가 봤더니, "시코쿠 근처에 있는 중학교에서 수학 선생을 구한다더군. 월급은 40엔 준다는데, 한번 가보지 않겠나?" 하고 내게 제안했다. 나는 삼 년 동안 공부를 하긴 했지만, 사실 선생이 되겠다든가, 시골로 내려

가겠다든가 하는 생각을 해본 적은 없었다. 그렇다고 선생 말고 달리 뭘 해야겠다는 계획도 없었던 터라, 제안을 들었을 때 가겠다고 얼떨결에 대답해버렸다. 이 또한 부모한테서 물려받은 무모함 때문이었다.

일단 일을 맡기로 했으니, 부임해야만 했다. 요 삼 년 동안 두 평짜리 방에 틀어박혀 남한테 싫은 소리 한 번 들은 적이 없었다. 누구와 싸운 일도 없었다. 내 생애 비교적 한가롭고 평화로운 시절이었다. 그런데 이렇게 된 이상, 이 두 평짜리 방도 비워야 했다. 태어나 지금껏 도쿄 밖으로 나가본 건 동급생들과 가마쿠라로 소풍을 갔을 때뿐이었다. 이번에는 가마쿠라 정도가 아니다. 엄청 멀리까지 가야 했다. 지도를 확인해보니 바닷가에 바늘 끝만큼 작게 찍혀 있는 곳이었다. 어차피 별 볼 일 없는 데겠지. 어떤 동네인지, 어떤 사람들이 사는지 전혀 모르지만, 모른다고 해서 곤란할 것도 없다. 걱정도 안 됐다. 그냥 가면 된다. 물론 조금 귀찮긴 하지만.

하숙집을 정리한 뒤에도 나는 가끔 기요를 만나러 갔다. 기요의 조카라는 사람은 의외로 심성이 착한 사람이었다. 내가 찾아갈 때마다 이것저것 정성껏 대접해주었다. 기요는 나를 앞에 두고 조카에게 내 자랑을 늘어놓았다. 지금은 학교를 다니지만 곧 졸업하면 고지마치 근처에 집을 사서 관청에 출근할 사람이라고 허풍을 떨기도 했다. 혼자서 북 치고 장구 치고 다 하는 바람에 나는 어찌할 바를 몰라 얼굴을 붉혔다. 이런 적이 한두 번이 아니다. 가끔은 내가 어릴 적 오줌을 싼 이야기까지 들먹여서 민망했던 적도 있다. 조카는 대체 무슨 생각으로 그런 이야기를 듣고 있는지 모르겠다. 기요는 옛날 여자라서 그런지 나와의 관계를 봉건시대의 주종 관계처럼 여기고 있었다. 내가 그녀의 주인이었으니, 자신의 조카 역시 나를 당연히 주인으로 모셔야 한다고 생각하는 듯했다. 묵묵히 듣고 있는 그 조카도 참 대단한 사람이다.

마침내 떠날 날짜가 잡혀 출발을 사흘 앞둔 어느 날, 기요를 찾아갔더니 북향의 좁디좁은 방에 감기에 걸려 누워 있었다. 내가 온 걸 보자마자 벌떡 일어나 "도련님, 언제 집을 살 거예요?" 하고 물었다. 기요는 졸업만 하면 주머니에서 저절로 돈이 솟아날 줄 알았나 보다. 내가 뭐 그리 대단한 사람이라고, 아직도 날 도련님이라고 부르는 걸 보면 정말 어이가 없다.

"지금은 못 사. 시골로 가게 됐어."

나는 간단히 대답했다. 그러자 기요는 몹시 실망한 얼굴로 희끗희끗한 귀밑머리를 자꾸만 쓰다듬었다. 그 모습이 하도 짠해서 "가도 금방 다시 올 거야. 내년 여름방학 때는 꼭 올게" 하고 달래주었다. 그래도 여전히 묘한 표정을 짓고 있어서 "선물로 뭘 사다 줄까? 뭐가 갖고 싶어?" 하고 묻자,

"에치고의 댓잎엿이 먹고 싶어요." 하고 대답했다. 에치고의 댓잎엿이라니 들어본 적도 없다. 무엇보다 내가 가는 방향이 아니다.

"내가 가는 시골엔 댓잎엿이 없을 것 같은데?"

"어디로 가는데요?"

"서쪽."

"하코네 지나서요? 그 전인가?"

나는 또 어찌할 바를 몰랐다.

출발하는 날, 기요는 아침 일찍부터 찾아와 이것저것 나를 챙기느라 분주했다. 오는 길에 잡화점에서 사온 치약이며 이쑤시개며 손수건을 천가방에 차곡차곡 넣어주었다. 그런 거 안 넣어도 된대도 기요는 좀처럼 말을 듣지 않았다. 각자 인력거를 타고 역에 도착해 플랫폼 위로 올라 기차에 타자, 기요는 내 얼굴을 가만히 바라보며 작은 소리로 말했다.

"이게 마지막일지도 모르겠네요. 부디 건강하세요……."

기요의 두 눈에 눈물이 가득 차올랐다. 나는 울지 않았다. 하지만 울기 일보 직전이었다. 기차가 제법 움직이고 나서야 진정이 돼서 창밖으로 고개를 내밀고 뒤를 돌아봤더니 기요는 아직도 거기 서 있었다. 어쩐지 그 모습이 너무 작아 보였다.

2

뿌우, 소리와 함께 기선이 멈추자 거룻배가 해안에서 노를 저어왔다. 사공은 알몸에 빨간 훈도시*만 차고 있었다. 정말이지 미개한 동네다. 하긴 이 더위에 옷을 걸치고 일하기도 힘들 것이다. 강렬한 햇살에 물이 반짝반짝 빛났다. 가만히 보고 있자니 눈앞이 어질어질했다. 안내원에게 물어보니 여기서 내려야 한다고 했다. 오모리 정도의 어촌 마을로 보였다. 날 대체 뭐로 보고, 이런 촌구석에서 어떻게 지내라는 건지 싶었지만 그래도 어쩌겠는가. 나는 맨 먼저 거룻배에 힘차게 뛰어내렸다. 이어서 대여섯 명이 더 타고, 큰 짐짝을 네 개 정도 실은 뒤 빨간 훈도시는 다시 노를 저어 해안으로 향했다. 나는 육지에 닿자마자 또 맨 먼저 뛰어내려 바닷가

---

* 남성이 입는 일본의 전통 속옷. 천 한 장을 접어 엉덩이에 감고 끈으로 고정하는 형태다.

에 서 있던 코흘리개 꼬마 하나를 붙잡고 중학교가 어디 있느냐고 물었다. 꼬마는 멍한 얼굴로 모른다고 했다. 진짜 한심한 촌구석이다. 이런 좁아터진 동네에 중학교가 어디 붙어 있는지도 모르는 놈이 있다니. 그때 통처럼 생긴 이상한 옷을 입은 남자가 다가와 이쪽으로 오라길래 따라갔더니 미나토야라는 여관으로 나를 데려갔다. 기분 나쁜 여자들이 한목소리로 "어서 오세요" 하고 인사하는 바람에 순간 정이 떨어져서 들어가고 싶지 않았다. 현관 앞에 서서 중학교가 어디 있느냐고 묻자, 여기서 기차로 8킬로미터쯤 더 가야 한다길래 더욱 들어가고 싶지 않아졌다. 나는 통옷 사내한테서 내 가방 두 개를 낚아채 터벅터벅 걷기 시작했다. 여관 사람들은 이상하다는 표정을 지었다.

역은 금방 찾았다. 표는 쉽게 구했는데, 보니까 열차가 성냥갑만 했다. 덜커덩거리며 오 분쯤 움직이는가 싶더니 벌써 내리라고 했다. 어쩐지 푯값이 싸다 했다. 겨우 3전이었다. 그러고선 인력거를 불러 타고 중학교에 도착했지만, 이미 방과 후라 아무도 없었다. 숙직 선생님은 볼일이 있어 나갔다고 사환이 알려줬다. 이렇게 한가한 숙직도 다 있네 싶었다. 교장이라도 찾아가볼까 했지만 피곤하기도 해서 인력거꾼에게 여관으로 가자고 하자 힘차게 인력거를 몰아 야마시로야라는 곳 앞에 데려다줬다. 야마시로야라니, 예전에 전당포 집 간타로네와 이름이 같아서 좀 웃겼다.

주인은 날 2층 계단 아래 어두운 방으로 안내했다. 도저히 있기 힘든 방이었다. 이런 방은 싫다고 하니까 공교롭게도 지금은 방이 모두 찬 상태라며 가방을 획 던져두고 나가 버렸다. 별수 없이 방 안에서 땀을 뻘뻘 흘리며 참고 있었다. 잠시 뒤 목욕을 할 테면 하라길래 물속에 풍덩 뛰어들었다가 금방 나왔다. 돌아오는 길에 슬쩍 들여다보니 시원해 보이는 방이 수두룩 비어 있었다. 거짓말을 하다니 참으로 괘씸한 노릇이다. 이윽고 하녀가 밥상을 들고 왔다. 방은 더웠지만, 밥은 하숙집보다 훨씬 맛있었다. 하녀가 시중을 들면서 어디서 왔느냐고 묻길래 도쿄에서 왔다고 대답했다. 그러자 "도쿄는 좋은 곳이겠죠?"라고 물어서 "당연하죠" 하고 대꾸했다. 하녀가 밥상을 들고 부엌에 들어가자 웃음소리가 크게 들려왔다. 시답잖은 얘기겠거니 하고 곧장 잠자리에 들었지만 영 잠이 오지 않았다. 더운 데다 시끄럽기까지 했다. 하숙집보다 다섯 배는 더 시끄러웠다. 꾸벅꾸벅 졸다가 나는 기요 꿈을 꿨다. 기요가 에치고의 댓잎엿을 댓잎째 우적우적 씹고 있었다. "댓잎은 먹는 게 아니야" 했더니, "아뇨, 이 댓잎이 약이에요" 하면서 아작아작 씹어 먹었다. 어이가 없어서 입을 쩍 벌리고 하하하하 웃다가 나는 꿈에서 깼다. 하녀가 덧문을 열고 있었다. 하늘이 뻥 뚫린 것처럼 쾌청했다.

여행할 때는 팁을 주어야 한다고 들었다. 팁을 안 주면 푸

대접을 받는다나. 이렇게 비좁고 어두운 방에 쑤셔 넣은 것도 다 팁을 주지 않아서다. 허름하게 입고 천가방에 천우산을 들고 있으니, 촌놈들 주제에 사람을 얕본 것이다. 좋다, 그럼 팁을 팍팍 줘서 놀라게 해줘야겠다. 이래 봬도 학비로 쓰고 남은 30엔을 품에 넣고 도쿄를 떠나왔다. 기차와 기선 푯값이며 이런저런 잡비를 빼고도 아직 14엔이나 남았다. 앞으로 월급을 받을 테니까 다 써도 상관없다. 촌놈들은 원래 쩨쩨하니까 5엔쯤 쥐여주면 놀라 자빠질 것이다. 어디 어떻게 나오는지 두고 보자. 느긋하게 세수를 하고 방으로 돌아와 기다리고 있는데, 엊저녁의 그 하녀가 밥상을 들고 왔다. 쟁반을 들고 밥상을 차려주면서 실실 쪼개고 있다. 무례한 년 같으니라고. 내 얼굴에 무슨 구경이라도 났냐. 네 면상보다는 훨씬 낫다. 밥을 다 먹고 나서 주려고 했지만, 약이 올라서 밥 먹다 말고 5엔짜리 지폐 한 장을 꺼내 들이밀며 카운터로 가져가라고 하자, 하녀는 묘한 표정을 지었다. 그러고서 밥을 마저 먹고 곧바로 나는 학교로 나섰다. 내 구두는 닦여 있지도 않았다.

어제 인력거를 타고 가본 터라 학교 가는 길은 대충 알고 있었다. 모퉁이를 두어 번 돌자 곧장 교문 앞에 닿았다. 교문에서 현관까지 바닥에 화강암이 깔려 있었다. 어제 여기를 인력거가 덜컹거리며 지나갈 때는 쓸데없이 요란한 소리가 나서 조금 당황했다. 도중에는 교복 차림의 학생들을 떼로 마주쳤는데, 전부 이 교문 안으로 들어갔다. 개중에는 나보다 키가 크고 힘도 세 보이는 녀석도 있었다. 저런 녀석도 가르쳐야 하나 싶어 괜히 거부감이 들었다. 명함을 보여주고는 교장실로 안내받았다. 교장은 까무잡잡한 얼굴에 수염이 듬성듬성 나 있었다. 눈이 왕방울만 한 너구리 같은 인상이었는데 괜히 점잔을 빼고 앉아 있었다.

"열심히 잘 가르쳐주세요."

교장은 이렇게 말하며 커다란 도장이 꽝 찍힌 임명장을 내게 정중히 건넸다. 이 임명장은 나중에 도쿄로 돌아갈 때 둘둘 말아서 바다에 던져버렸다. 교장은 이제 교직원들에게 소개할 테니, 그때마다 이 임명장을 일일이 보여주라고 했다. 번거롭기 짝이 없는 절차다. 그럴 바에야 이 임명장을 교무실 벽에다 사흘간 붙여두는 게 낫겠다.

교직원이 다 모이려면, 1교시 시작을 알리는 나팔이 울려야 했다. 아직 시간이 한참이나 남아 있었다. 교장은 시계를 꺼내 보더니 "앞으로 차차 얘기하겠지만, 일단 큰 줄기는 알아두세요" 하며 교육 정신에 대해 한바탕 설교를 늘어놓았다. 나는 당연히 건성으로 듣고 있었지만, 듣다 보니 제대로 걸렸구나 싶었다. 교장의 말대로는 도저히 할 수 없었다. 나 같은 막무가내를 붙잡고서 학생들의 모범이 되라는 둥, 학교 전체의 귀감이 되라는 둥, 공부도 중요하지만 인격적으로 좋은 영향을 주는 교육자가 되라는 둥, 말도 안 되는 주문을 끝도 없이 해댔다. 그렇게 훌륭한 사람이 꼴랑 월급 40엔 받자고 이런 촌구석까지 기어오겠냐. 인간이란 다 거기서 거기다. 화나면 누구나 싸움질도 하기 마련인데, 이래서는 말 한마디 제대로 못 하고, 밖에 나다니지도 못할 판이다. 이렇게 까탈스러운 일이라면 진작에 알려줬어야 옳다. 나는 원래 거짓말하는 건 딱 질색이다. 속아서 온 셈 치고 그만 돌아가기로 마음먹었다. 여관에서 5엔을 줘버렸으니 지갑엔 이제 9엔밖에 없다. 9엔 가지고는 도쿄까지 갈 수 없다. 아깝게 팁 같은 걸 괜히 줬다. 하지만 9엔으로 안 될 것도 없다. 여비가 좀 모자라도 거짓말을 할 수는 없다.

"아무래도 교장 선생님 말씀대로 할 자신이 없습니다. 이 임명장은 돌려드리겠습니다."

내가 말하자 교장은 너구리 같은 눈을 깜박이며 내 얼굴을 빤히 쳐다보더니 "방금 한 말은 그저 희망 사항일 뿐입니다. 선생님이 바람대로 다 해줄 수 없다는 건 잘 알고 있으니 걱정 마세요" 하면서 웃었다. 그렇게 잘 알고 있었으면, 처음부터 겁주지 말았어야지.

그러는 사이에 나팔이 울렸다. 교실 쪽이 갑자기 시끌시끌해졌다. 교장이 "교직원들도 이제 다 모였겠군요"라고 해서 교장을 따라 교무실로 들어갔다. 넓고 길쭉한 공간에 책상들이 주르륵 놓여 있었고, 교직원들은 다들 제 자리에 앉아 있었다. 내가 들어서자마자 모두가 약속이나 한 듯 내 얼굴을 쳐다봤다. 구경거리라도 된 심정이었다. 나는 교장이 시킨 대로 한 사람 한 사람 앞에 가서 임명장을 보이며 인사했다. 대부분은 일어나서 허리를 까딱 숙이는 정도였지만, 일부 예의 바른 사람들은 내가 내민 임명장을 받아 들고 한 번 훑어본 뒤 다시 정중히 돌려주었다. 마치 사극 연기라도 하는 것 같았다. 열다섯 번째 체육 선생 앞에 이르렀을 때는 같은 짓을 몇 번이나 반복하니 슬슬 지겨워졌다. 교직원들은 한 번만 하면 끝이지만, 나는 똑같은 짓을 열다섯 번이나 반복하고 있다. 남의 처지도 조금만 헤아려주면 좋을 텐데.

인사를 하는 동안 교감이라는 사람과도 마주쳤다. 문학을 전공한 문학사라고 했다. 대학까지 나왔으니 대단한 사람임이 틀림없다. 그런데 묘하게도 여자처럼 나긋나긋한 목소리를 냈다. 심지어 이 더운 날에 플란넬 셔츠를 입고 있어 더욱 놀랐다. 아무리 얇은 천이라지만 무진장 더울 것이다. 문학사답게 고생스럽게도 차려입었다. 게다가 빨간색이다. 정말 환장할 노릇이다. 나중에 들었는데 이 양반은 일 년 내내 빨간 셔츠만 입고 다닌다고 했다. 참 희한한 병도 다 있다. 당사자 말로는 빨간색이 몸에 좋다면서 건강을 위해 일부러 맞춘 거라는데 아주 걱정도 팔자다. 그렇게 따지면 바지도 빨간색으로 입었어야지.

그다음으론 고가라는 이름의 영어 선생을 봤는데 안색이 몹시 안 좋은 사람이었다. 얼굴빛이 푸른 사람은 대체로 야위기 마련인데, 이 사람은 안색은 안 좋은데 통통하게 살이 올랐다. 옛날에 초등학교 시절, 같은 반에 아사이 다미라는 애가 있었는데, 그 애 아버지의 안색이 꼭 이랬다. 아사이네는 농사짓는 집이라 기요에게 "농사꾼은 원래 안색이 저래?" 하고 물은 적이 있다. 그러자 기요는 "그게 아니라, 그 사람은 끝물 호박을 너무 많이 먹어서 얼굴이 푸르딩딩하게 부은 거예요"라고 알려줬다. 그때부터 나는 푸르딩딩하게 부은 사람만 보면 끝물 호박을 많이 먹어서 그렇게 된 거라고 믿었다. 이 영어 선생도 끝물 호박을 잔뜩 먹은 게 분명하다. 그런데 나는 그 끝물 호박이 뭔지 아직도 모른다. 전에 기요한테 물어봤지만, 기요는 웃기만 하고 대답을 안 했다. 아마 기요도 모를 것이다.

그리고 나처럼 수학을 가르치는 홋타라는 선생도 있었다. 이쪽은 우락부락한 까까머리로, 타락한 스님처럼 인상이 아주 험악스러웠다. 내가 공손히 임명장을 내미는데 거들떠보지도 않고 "이야, 자네가 신입인가, 나중에 놀러 오게, 아하하하"라며 웃었다. 뭐가 아하하하냐. 예의를 국 끓여 먹은 자식 같으니라고, 누구더러 놀러 오라 마라야. 이때 나는 속으로 저놈 별명을 고슴도치라고 지었다.

한자 선생은 역시 점잖았다. "어제 막 도착해서 피곤하실 텐데 바로 수업까지 들어가시고, 고생이 많네요." 참으로 상냥한 할아버지다.

미술 선생은 완전히 광대 같았다. 차르르 떨어지는 얇은 비단옷을 걸치고 부채를 펄럭이며 "어디서 오셨습니까? 네? 도쿄요? 이거 반갑네요, 동료가 생기다니. 저도 말이죠, 이래 봬도 나름 도쿄 토박이입니다" 하고 떠들어댔다. 이런 놈이 도쿄 토박이면 도쿄에서 태어나고 싶지 않다. 이렇게 하나하나 쓰다가는 한도 끝도 없으니 이쯤에서 그만두겠다.

한바탕 인사가 끝나자 교장이 말했다.

"오늘은 이만 돌아가도 좋습니다. 수업에 관해서는 수학 주임한테 물어보고, 모레부터 수업 시작하는 걸로 하지요."

내가 수학 주임이 누구냐고 묻자, 그 고슴도치 놈이라고 했다. 기분 나쁘게 그런 놈 밑에서 일해야 한다니, 영 실망스러웠다.

"어이, 어디서 지내나? 야마시로야? 그래, 이따 거기서 얘기하지."

고슴도치는 이렇게 한마디 남기고서 분필을 들고 교실로 가버렸다. 주임 주제에 집까지 찾아오겠다니, 정말 몰상식한 놈이다. 하긴 나더러 오라고 하지 않은 게 어디인가.

학교를 나와 곧장 여관으로 가려다가 가봤자 할 일도 없어서 잠시 동네 산책이나 해볼까 하고 무작정 발길 닿는 대로 걸었다.

현청은 오래된 지난 세기 건물이었다. 군부대는 도쿄 아자부 연대보다 형편없었다. 큰길은 도쿄 가구라자카의 절반밖에 안 돼 보였고, 가게들이 줄줄이 있긴 했지만, 다 볼품없었다. 25만 석 영지라 해봤자 다 시시한 곳뿐이다. 이런 데 살면서 영지네 뭐네 뽐내는 인간들이 안쓰럽기 짝이 없었다. 걷다 보니 어느새 야마시로야 앞까지 와 있었다. 얼핏 넓어 보여도 역시 좁아터진 동네다. 이로써 대충 다 둘러본 것 같다. 밥이나 먹자 하고 여관으로 들어섰다. 카운터에 앉아 있던 여주인이 나를 보자마자 후다닥 뛰쳐나와 "어서 오세요······." 하며 꾸벅 인사했다. 신발을 벗고 올라서자 하녀가 "방이 비었습니다" 하면서 2층으로 안내했다. 여덟 평 남짓한 다다미방에 큼직한 도코노마*까지 있었다. 태어나 이렇게 멋진 방에 들어온 적은 처음이었다. 앞으로 또 이런 방에서 언제 지내보나 싶어 양복을 벗고 유카타**만 걸친 채 방 한복판에 벌러덩 드러누웠다. 기분이 정말 좋았다.

점심을 먹고는 기요에게 편지를 썼다. 나는 글솜씨도 없고 아는 한자도 적어서 편지 쓰는 걸 무척 싫어했다. 더군다나 쓸 얘기도 마땅히 없었다. 그래도 기요가 걱정하고 있을 것이다. 혹시 배가 뒤집혀서 죽었다고 생각하면 안 되니, 큰맘 먹고 길게 써 내려갔다.

어제 도착했어. 이곳은 시시해. 나는 여덟 평짜리 방에서 지

---

* 일본식 방에 마련된 족자와 꽃, 서화 등을 장식하는 공간.
** 목욕 후나 여름철에 입는 무명 홑옷.

내. 여관에 팁으로 5엔을 줬어. 여주인이 마루에 머리를 처박고 인사하더라. 어젯밤엔 잠을 못 잤어. 아, 저번엔 기요가 댓잎째 댓잎엿 먹는 꿈을 꿨어. 내년 여름에 돌아갈게. 오늘 학교에서 모두에게 별명을 붙여줬어. 교장은 너구리, 교감은 빨간 셔츠, 영어 선생은 끝물, 수학 선생은 고슴도치, 미술 선생은 광대.

또 편지할게. 그럼 이만.

편지를 다 쓰고 나니 기분이 좋아져서 졸음이 몰려왔다. 나는 아까처럼 방 한복판에 벌러덩 드러누워 잠을 청했다. 이번엔 꿈도 꾸지 않고 깊이 잠들었다.

"이 방인가!"

큰 소리에 눈을 번쩍 뜨니 고슴도치가 들어오고 있었다.

"아까는 실례! 자네가 맡을 반은 말이지……."

잠에서 깨자마자 일 얘기가 시작돼서 몹시 당황스러웠다. 들어보니 딱히 어려울 건 없는 듯해서 알았다고 했다. 이 정도 일이면 모레부터가 아니라 내일 당장 시작하라고 해도 상관없을 것 같았다. 수업 관련 얘기가 끝나자 고슴도치가 말했다.

"언제까지 이런 데서 묵게? 내가 괜찮은 하숙집을 소개해줄 테니 옮겨. 다른 사람이면 몰라도 내가 말하면 바로 될 거야. 빠를수록 좋겠지. 오늘 가서 본 다음에 내일 이사하고 모레부터 출근하면 딱 좋겠군."

고슴도치는 멋대로 정해버렸다. 여덟 평짜리 방에 계속 있을 수 없긴 하다. 월급을 몽땅 여관비에 써도 모자랄지도 모른다. 팁으로 5엔씩이나 줘놓고 당장 옮기는 건 좀 아깝지만, 어차피 옮길 거면 빨리 옮겨서 적응하는 게 편하니, 그 일은 고슴도치에게 부탁하기로 했다.

"일단 같이 가지."

나는 고슴도치를 따라나섰다. 마을 끝자락 언덕 중턱에 있는 집으로 아주 조용하고 한적했다. 주인은 이카긴이라는 이름의 골동품 장수였는데, 안주인이 네 살이나 연상이었다. 중학교 때 위치(witch, 마녀)라는 단어를 배운 적이 있는데, 이 안주인이 꼭 마녀처럼 생겼다. 마녀이든 말든 남의 마누라니 내가 상관할 바가 아니긴 하다. 결국 내일 이사하기로 했다. 돌아오는 길에 고슴도치가 시원한 빙수 한 그릇을 사주었다. 학교에서 처음 봤을 때는 건방지고 무례한 놈인 줄 알았는데, 이렇게 여러모로 챙겨주는 걸 보니, 그리 나쁜 인간 같지는 않았다. 다만 나처럼 급하고 욱하는 성질이 있어 보였다. 나중에 들었는데, 고슴도치가 학생들 사이에서 가장 인기가 좋다고 했다.

3

마침내 학교에 출근했다. 처음 교단에 올라섰을 때는 뭔가 좀 이상했다. 수업을 하면서도 내가 과연 선생 노릇을 할 수 있을까 싶었다. 학생들은 시끄러웠다. 가끔은 귀청이 떠나가라 "선생님!" 하고 나를 불렀다. 부르면 나도 대답은 했다. 지금까지 물리학교에서 선생님, 선생님, 하고 부르기만 했지, 부르는 것과 불리는 건 하늘과 땅 차이였다. 어쩐지 발바닥이 간질간질했다. 나는 비겁한 인간도, 소심한 인간도 아니지만, 애석하게도 간이 콩알만 하다. 누가 "선생님!" 하고 큰 소리로 날 부르면, 배고플 때 도쿄 중심가에서 정오를 알리는 포성 소리를 듣는 것만 같았다. 첫 시간은 그럭저럭 넘겼다. 딱히 곤란한 질문도 받지 않았다. 교무실로 돌아오니 고슴도치가 어땠느냐고 물었다. "예, 뭐" 하고 간단히 대답하자 고슴도치는 안심한 듯했다.

2교시에 분필을 들고 교무실을 나설 때는 마치 적지로 뛰어드는 기분이었다. 교실에 가보니 이번 반은 아까보다 더 큰 놈들뿐이었다. 나는 도쿄 토박이라 몸집이 작고 호리호리해서 교단에 올라서도 도무지 위엄이 서질 않았다. 싸움이라면 씨름꾼도 두렵지 않았지만, 이런 덩치 큰 녀석들 사십 명을 앞에 두고, 혓바닥 하나로 기를 죽일 재주는 없었다. 하지만 이런 촌놈들한테 얕보이면 끝장일 것 같아서 최대한 큰 소리로 당당하게 수업을 했다. 처음에는 학생들도 어리둥절해하며 멍하니 듣고 있길래, 그 기세를 몰아 더 신이 나서 떠들어댔더니, 맨 앞줄 한가운데 앉은, 제일 건장해 보이는 녀석이 벌떡 일어나 "선생님!" 하고 날 불렀다. 드디어 올 게 왔구나 싶어 "뭔데?" 하고 묻자, "너무 빨라서 하나도 못 알아듣겠어요. 좀 천천히 해주시면 안 될랑가요?" 하고 사투리로 말했다. 그래서 "너무 빠르다면 천천히 해보긴 하겠다만, 난 도쿄 사람이라 너희 말은 못 쓴다. 못 알아듣겠으면 알아들을 때까지 기다려" 하고 대꾸해줬다. 이런 식으로 두 번째 시간도 생각보다 잘 넘겼다. 그런데 수업이 끝나갈 무렵에 학생 하나가 "이 문제 좀 풀어주실랑가요?" 하며 기하학 문제를 들이미는데 도저히 풀 수 없을 것 같아 식은땀이 줄줄 났다. 하는 수 없이 "나도 잘 모르겠다. 다음에 가르쳐주마" 하며 서둘러 교실을 빠져나왔더니 학생들이 뒤에서 웅성댔다. 못 푸네, 못 풀어, 하는 소리까지 들려왔다. 이런 제기랄, 선생이라고 다 아냐. 모르는 걸 모른다고 했는데 뭐가 문제냐. 그런 걸 척척 풀어냈으면 꼴랑 40엔 받고 이런 촌구석까지 오지도 않았다. 교무실로 돌아오니 고슴도치가 또 이번엔 어땠느냐고 물었다. "예, 뭐" 하고 대답했지만, 그것만으론 시원찮아서 "이 학교 학생들은 잘 알아듣질 못하네요" 하고 덧붙였더니 고슴도치가 묘한 표정을 지었다.

3교시도 4교시도 점심시간 후 수업도 거기서 거기였다. 첫날 수업은 죄다 조금씩 실수가 있었다. 선생질은 보기보다 쉽지 않았다. 수업은 일단 마쳤지만, 아직은 퇴근할 수가 없다. 3시까지 멍하니 앉아서 기다려야 했다. 3시가 되면 내가 맡은 반 학생이 교실 청소를 마쳤다고 보고하러 오는데, 그걸 검사해야 했다. 그러고 나서 출석부를 한 번 점검하고 나서야 겨우 퇴근이 허락된다. 아무리 월급쟁이라지만 빈 시간까지 학교에 묶어두고 책상만 멍하니 바라보고 있으라는 게 말이 되나. 하지만 다른 선생들은 모두 순순히 규칙을 따르고 있으니, 신참인 내가 혼자만 투덜거리기도 좀 그래서 참았다. 집에 가는 길에 "무조건 3시까지 학교에 붙잡아두는 건 좀 아닌 것 같아요" 하고 고슴도치에게 하소연했더니, 고슴도치는 "그렇지, 아하하하" 하며 웃었지만, 이내 진지한 얼굴로 충고 비슷한 말을 했다.

"그렇다고 학교 불평을 너무 심하게 하면 안 돼. 불만 있으면 나한테만 얘기해. 여긴 이상한 인간들이 꽤 많거든."

고슴도치와는 사거리에서 헤어져야 했기에 그 이상은 자세히 듣지 못했다.

하숙집으로 돌아오자 주인이 "차나 한잔 할까요" 하며 내 방으로 들어왔다. 차나 한잔 하자기에 대접이라도 하나 싶었더니, 내 차를 제 것인 양 타서는 자기가 호로록 마시는 것이었다. 하는 꼴을 보니 내가 없을 때도 혼자서 "차나 한잔 할까요" 하며 들어와서는 멋대로 내 차를 마셨을지도 모른다. 주인 말에 따르면 자신은 서화 골동품을 좋아해서 이렇게 장사를 시작하게 되었다고 했다. 그러면서 "보아하니 선생님도 제법 풍류를 즐기는 풍류인인 듯한데, 이참에 취미 삼아 시작해보시는 게 어떻겠습니까?" 하며 나를 꾀어내려 했다. 이 년 전에 누구 심부름으로 제국호텔에 갔다가 나는 열쇠 수리공으로 오해받은 적이 있다. 외투를 둘러쓰고 가마쿠라의 대불상을 구경했을 때는 인력거꾼이 나를 공사판 잡부로 봤다. 그것 말고도 그동안 숱한 오해를 받아왔지만, 제법 풍류를 즐기는 풍류인 같군요 따위의 말을 내게 한 사람은 없었다. 사람은 겉모습만 보면 대충 감이 온다. 자고로 풍류인이란 그림에서도 보이듯이 머리에 천을 두르거나 화선지 같은 종이를 들고 다니기 마련이다. 나 같은 사람을 풍류인이라고 진지하게 말하는 걸로 보아 범상치 않은 놈이다. 나는 그런 한가한 노인네들이나 하는 짓은 질색이라고 하자, 주인은 헤헤헤헤 웃으면서 "아유, 처음부터 좋아하는 사람은 아무도 없죠. 근데 일단 이 길에 들면 좀처럼 빠져나오질 못합니다" 하면서 혼자 차를 따르더니 묘한 손짓으로 마셨다. 실은 엊저녁에 차를 사다 달라고 부탁해두긴 했는데, 이런 쓰고 진한 차는 싫다. 한 잔만 마셔도 속이 쓰린 기분이다. 다음부터는 이렇게 쓰지 않은 걸로 사다 달라고 하자, 알겠다면서 또 한 잔 따라 마셨다. 남의 차라고 아까운 줄 모르고 막 마셔대는구나. 주인이 나가고 나는 내일 수업 준비를 하고 바로 잠자리에 들었다.

그 뒤로 날마다 학교에 나가 규칙대로 일하고, 하숙집에 돌아오면 주인이 "차나 한잔 할까요" 하며 나타났다. 일주일쯤 지나자 학교 분위기도 얼추 파악했고, 하숙집 부부가 어떤 사람들인지도 어느 정도 알게 되었다. 다른 선생들한테 들어보니, 보통 임명장을 받고 일주일에서 한 달 정도는 자신의 평판이 어떨지 무척 신경 쓰인다는데, 나는 전혀 그렇지 않았다. 수업 중 어쩌다 실수하면, 그 순간에는 좀 찝찝해도, 삼십 분만 지나면 까맣게 잊어버렸다. 나는 매사 오래 걱정하고 싶어도 걱정할 수 없는 성격이다. 수업 중에 있었던 실수가 학생들에게 어떤 영향을 주고, 그게 또 교장이나 교감에게 어떤 반응을 일으킬지는 눈곱만큼도 신경 쓰이지 않았다. 앞서 말했듯 나는 배포가 크리 큰 사람은 아니지만, 포기만큼은 누구보다 빠른 인간이다. 이 학교가 마음에 들지 않으면 곧장 다른 데로 떠날 각오가 돼 있던 터라, 너구리든 빨간 셔츠든 하나도 두렵지 않았다. 하물며 교실 애송이들 따위한테 아양을 떨거나 비위를 맞출 생각은 더더군다나 없었다.

학교야 그렇다 쳐도 하숙집 쪽이 호락호락하지 않았다. 주인이 차를 마시러 오는 것까진 참아주겠는데, 온갖 잡동사니를 들고 들어왔다. 처음에는 도장을 가져와 열 개쯤 늘어놓고는 3엔이면 거저 주는 거라며 나더러 사라고 했다. 떠돌이 삼류 그림쟁이도 아니고, 그런 건 필요 없다고 하자, 이번에는 가잔*인가 뭔가 하는 사람의 꽃과 새가 그려진 족자를 가져왔다. 그러고는 직접 도코노마에 걸더니 "정말 근사하지 않나요?"라고 해서 "그런가" 하고 건성으로 대꾸하자, 가잔이란 사람은 두 명이 있다, 한 사람은 어쩌구 가잔이고, 또 한 사람은 저쩌구 가잔인데, 이 그림은 어쩌구 가잔의 것이라는 둥, 쓸데없는 설명을 늘어놓더니 "선생님께는 특별히 15엔에 드리지요. 사세요" 하고 재촉하는 것이었다. 돈이 없다고 내가 거절하자 "돈이야 언제 주셔도 좋습니다" 하며 끈덕지게 굴었다. "돈이 있어도 안 사요" 하고 딱 잘라 말하자 그제야 물러났다. 그다음에는 도깨비 얼굴같이 생긴 큼직한 벼루를 들고 와서는, "이건 단계라는 건데요, 단

---

* 에도 시대(1603~1868) 말기에 활동한 일본 화가. 꽃과 새를 그린 화조화로 유명했다.

계요!"하고 두 번 세 번 강조하길래 조금 재미있어서 단계가 뭐냐고 물으니, 또 주저리주저리 떠들어대기 시작했다.

"단계에는 상층, 중층, 하층이 있어요. 요즘 물건은 전부 상층이지만, 이건 중층이지요. 이 눈을 좀 보세요. 눈이 세 개나 있는 건 아주 드물거든요. 먹을 갈아보면 아주 좋아요. 한번 써보세요."

그러고서 내 앞에 큼지막한 벼루를 쑥 내밀었다. "얼만데요?" 하고 묻자 중국에서 직접 들여온 물건이라 꼭 팔고 싶다면서 "싸게 해서 30엔 정도로 맞춰드릴게요"라고 했다. 이런, 날강도 같은 놈을 봤나. 학교는 어떻게든 다녀보겠는데, 이런 골동품 공격은 오래 버티기 힘들 것 같다.

어느새 학교도 슬슬 지겨워지기 시작했다. 어느 날 저녁, 오마치라는 동네를 산책하다가 우체국 옆에서 도쿄라는 이름의 간판이 달린 메밀국수 집을 발견했다. 나는 메밀국수를 무척 좋아했다. 도쿄에 살 때도 메밀국수 집 앞을 지나가 양념 냄새를 맡으면 도저히 그냥 지나치지 못하고 가게 안에 발을 들이곤 했다. 지금까지는 수학과 골동품 때문에 메밀국수를 잊고 지냈는데 이렇게 간판을 보니 모른 척 지나칠 수가 없었다. 이왕 이렇게 된 거 한 그릇 먹고 가려고 가게에 들어섰다. 막상 들어가서 보니 간판에서 기대한 것과는 딴판이었다. 도쿄라는 이름까지 내걸었으면 좀더 깔끔할 법도 한데, 도쿄를 몰라서 그런 건지, 돈이 없는 건지, 말도 못 하게 더러웠다. 다다미는 색이 변한 것도 모자라 모래까지 자글자글했다. 벽은 그을음으로 새까맸다. 천장도 온통 램프 그을음으로 까맣게 그을린 데다 천장까지 낮아서 목이 절로 움츠려졌다. 오로지 요란스럽게 써 붙인 메뉴판만 번지르르하게 새것이었다. 아무래도 낡은 집을 사들여 이삼일 전에 가게 문을 연 모양이었다. 메뉴판 첫머리에 튀김 메밀국수가 적혀 있길래, "여기, 튀김 하나!" 하고 큰 소리로 주문했다.

그러자 구석에서 면을 후루룩후루룩 먹고 있던 삼인방이 동시에 나를 쳐다봤다. 가게 안이 어두워 미처 몰랐는데 보니까 다 우리 학교 학생이었다. 학생들이 먼저 인사를 해와서 나도 인사했다. 그날 저녁은 오랜만에 메밀국수를 먹어서 그런지 네 그릇이나 비웠다.

다음 날, 아무 생각 없이 교실로 들어섰는데, 칠판에 큼지막하게 "튀김 선생"이라고 적혀 있었다. 다들 내 얼굴 보더니 웃음을 터뜨렸다. 너무 한심해서 "튀김 메밀국수 좀 먹었다고 그게 웃을 일이냐?" 하고 물었다. 그러자 학생 하나가 "그래도 네 그릇은 너무했죠" 하고 대꾸했다. 남이야 네 그릇을 먹든 다섯 그릇을 먹든 내 돈 주고 내가 먹겠다는데 뭔 말들이 이리 많나. 나는 곧바로 수업에 들어가 끝나자마자 교무실로 돌아왔다. 십 분 뒤 다음 교실로 가니 이번엔 칠판에 이렇게 적혀 있었다.

"튀김 네 그릇. 단, 웃지 말 것!"

처음에는 대수롭지 않게 넘겼지만, 이번에는 짜증이 올라왔다. 장난도 도가 지나치면 그냥 못된 짓일 뿐이다. 까맣게 탄 구운 떡 같은 짓을, 누가 좋아하겠는가. 촌것들은 도무지 적당한 선을 모르고 끝까지 몰아붙인다. 한 시간만 걸으면 아무 볼 것도 없는 좁아터진 동네에 살다 보니 튀김 사건 따위를 무슨 러일전쟁이라도 난 것처럼 떠벌리고 다니는 거겠지. 딱한 놈들. 어릴 때부터 이렇게 길러져서 심사가 뒤틀려 화분에 갇힌 단풍나무처럼 볼품없는 인간들이 되어버린 것이다. 순박한 장난이려면 웃어넘길 수도 있지만, 이건 아니다. 어린놈들 주제에 약아빠진 독기를 품고 있다. 나는 말없이 낙서를 지우고는 물었다.

"이런 장난이 재밌나? 비겁하게. 너희들 비겁하다는 게 무슨 뜻인 줄이나 알아?"

그러자 한 녀석이 이렇게 받아쳤다.

"자기가 한 일을 두고 좀 웃었다고 화내는 게 비겁한 거 아니에요?"

아주 요망한 놈이다. 이런 놈들을 가르치러 그 먼 도쿄에서 왔나 싶어 허탈했다.

"잡소리 말고 공부나 해라."

나는 이렇게 말하고 곧장 수업을 시작했다. 그리고 다음 수업을 하러 교실에 들어서니 이번엔 칠판에 이렇게 적혀 있었다.

"튀김 메밀국수를 먹으면 잡소리가 하고 싶어지는 법."

정말 미치고 팔짝 뛸 노릇이었다. 너무 화가 나서 "이렇게 건방진 놈들하고는 도저히 수업 못 하겠다" 하고는 그대로 나와버렸다. 학생들은 수업이 날아가서 좋아 죽었다. 이쯤 되자 학교보다 골동품 쪽이 차라리 나았다.

튀김 메밀국수 사건도 집에 돌아와 하룻밤 자고 나니 그다지 속상하지 않았다. 학교에 가보니 학생들도 나와 있었다. 뭐가 어떻게 된 건지 영 모르겠다. 그러고 나서 사흘 동안은 별일 없이 지나갔다. 나흘째 저녁에는 스미타라는 곳에 가서 경단을 먹었다. 스미타는 온천 거리로 기차로 십 분, 걸어서 삼십 분이면 닿는 곳으로, 음식점과 온천 여관, 유곽이 있었다. 내가 들어간 떡집은 유곽 입구에 있었는데, 맛있기로 소문이 자자한 집이어서 온천을 하고 오는 길에 가볍게 들러 먹어보았다. 이번에는 학생들도 마주치지 않았으니 아무도 모를 거라 생각했지만, 다음 날 학교에 가서 1교시 반에 들어가자 칠판에 이렇게 적혀 있었다.

"경단 두 접시, 7전."

실제로 두 접시에 7전을 냈었다. 아주 지긋지긋한 놈들이다. 2교시에도 뭔가 있겠구나 했는데 이번엔 이렇게 적혀 있었다.

"유곽 경단, 맛있네, 맛있어!"

기가 찰 노릇이다. 경단이 끝났는가 싶더니 이번에는 빨간 수건 소리가 나돌았다. 무슨 소린가 했더니 별것도 아닌 얘기였다. 나는 여기 온 뒤로 매일 스미타 온천에 갔다. 다른 건 죄다 도쿄보다 못하지만, 온천만큼은 아주 훌륭했다. 이왕 여기까지 왔으니 매일 가자 싶어 저녁 먹기 전에 운동 삼아서 다니고 있다. 갈 때마다 꼭 큼직한 목욕 수건을 들고 다녔는데, 그 수건이 온천물에 젖으면 번져 얼핏 보면 빨간색으로 보였다. 갈 때도 올 때도, 기차를 타든 걸어 다니든, 항상 그 수건을 들고 다녔다. 그래서 학생들이 나를 보고 "빨간 수건, 빨간 수건" 하고 부르는 모양이었다. 좁아터진 동네에 살다 보니 말들이 참 많다. 또 있다. 온천은 새로 지은 3층짜리 건물로 고급탕은 세면대도 갖춰져 있고 유카타도 빌려주면서 고작 8전밖에 안 했다. 거기다 여자 종업원이 고급 찻잔에 차까지 내왔다. 나는 언제나 고급탕으로 갔다. 그랬더니 40엔짜리 월급쟁이가 매일 고급탕에 가는 건 사치라느니 뭐라느니 떠들어댔다. 참견도 가지가지다. 또 있다. 온탕은 화강암을 깔아 만든 여덟 평 크기의 널찍한 욕조로, 대개 열서너 명이 몸을 담그고 있지만 가끔은 아무도 없을 때도 있다. 깊이는 서서도 가슴까지 차는 정도라 운동 삼아 물속에서 헤엄치면 꽤 유쾌했다. 나는 사람이 없을 때를 틈타 욕조 안을 헤엄치며 즐거워했다. 그런데 어느 날 3층에서 기운차게 내려와 오늘도 헤엄이나 칠까 했는데, 입구를 보니까 큼지막한 팻말에 '탕 안에서 수영 금지!'라고 적혀 있었다. 탕 안에서 수영하는 인간은 그리 흔치 않을 테니, 아마 나 보라고 특별히 만든 팻말일 것이다. 그 후로는 수영을 포기했다. 수영은 포기했지만 학교에 가보니 역시나 칠판에 똑같이 이렇게 적혀 있었다.

"탕 안에서 수영 금지!"

깜짝 놀랐다. 전교생이 나를 감시하는 것만 같았다. 기분이 몹시 언짢았다. 학생들이 뭐라고 하든 그만둘 성격은 아니지만, 어쩌다 이렇게 숨 막히게 좁아터진 동네까지 흘러 들어 왔나 싶어 몹시 서글펐다.

집으로 돌아오니 주인은 또 골동품 공격을 퍼부었다.

4

 학교에는 숙직이 있어서 교직원들이 돌아가면서 맡는다. 단, 너구리와 빨간 셔츠는 예외였다. 어째서 이 둘만 그 의무를 지지 않느냐고 물어보니, 직급에 대한 대우라고 했다. 어이가 없다. 월급도 많이 받지, 근무 시간도 짧지, 거기다 숙직까지 빠지다니, 이런 불공평이 어디 있나. 제멋대로 규칙을 만들어놓고, 그걸 당연하다고 여기고 있다. 어쩌면 저렇게 뻔뻔스러울까. 여기에 대해 크게 불평했더니, 고슴도치가 말했다.

 "혼자서 아무리 말해봤자 안 통해."

 혼자든 둘이든 정당한 일이라면 통해야 마땅하다. 고슴도치는 "Might is right"이라는 영어까지 인용하여 충고했지만, 그게 무슨 말이냐고 되묻자 "강자의 권리"라고 대답했다. 강자의 권리 정도야 나도 전부터 알고 있었다. 새삼 고슴도치한테 듣지 않아도 안다. 하지만 강자의 권리와 숙직은 별개 문제다. 너구리와 빨간 셔츠가 강자라니, 누가 인정이나 하겠는가. 어쨌든 마침내 내 차례가 돌아왔다. 원래 내가 좀 예민한 편이라 내 이불이 아니면 잠을 편히 못 잔다. 어릴 때부터 친구 집에서 자본 적도 거의 없다. 친구 집도 그런 판국에 하물며 학교 숙직실이라니 끔찍하다. 끔찍하지만 이것도 40엔 안에 포함된 일이라 어쩔 수 없어 눈 딱 감고 해보기로 했다.

  선생도 학생도 다 가버리고 혼자 덩그러니 있자니 어쩐지 얼빠진 기분이었다. 숙직실은 교실 뒤쪽에 붙어 있는 기숙사의 서쪽 끝 방이었다. 슬쩍 들어가 봤더니, 서쪽 햇볕이 정통으로 내리쬐어 숨이 턱턱 막혔다. 시골이라 그런지 가을이 되어도 질리도록 더웠다. 학생들이 먹는 식사를 가져다 먹었는데 맛이 형편없었다. 이런 걸 먹고도 그렇게 설쳐댈 수 있나. 더군다나 저녁밥을 4시 반에 후다닥 해치우다니 정말 대단한 놈들이다. 밥은 먹었지만 아직 해가 지지 않아서 잠들기에는 일렀다. 온천에 가고 싶어졌다. 숙직 중에 외출을 해도 되는지 안 되는지 잘은 모르겠지만, 이렇게 감옥에 갇힌 것처럼 답답하게 있을 수만은 없었다. 처음 학교에 왔을 때 숙직 선생이 어디 있느냐고 사환에게 물었을 때, 볼일이 있어 잠깐 나갔다고 대답했던 게 좀 의아했었는데, 막상 내 차례가 되고 보니 이해가 간다. 나가는 게 정답이었던 것이다. 사환에게 잠깐 나갔다 오겠다고 하자 무슨 일이냐고 묻기에 무슨 일이 아니라, 온천에 다녀오겠다고 대꾸하고는 얼른 나와버렸다. 빨간 수건을 하숙집에 두고 온 게 못내 아쉬웠지만, 오늘은 그쪽에서 빌려 써야겠다.

온천탕에 느긋하게 들락날락하면서 시간을 보내다 보니 어느덧 해 질 무렵이 되었다. 나는 기차를 타고 고마치역에서 내렸다. 여기서 학교까지는 400미터 정도로 이쯤이야 별것도 아니라고 생각하며 걸어가는데, 맞은편에서 너구리가 보였다. 너구리는 이제 기차를 타고 온천에 가려는 모양이었다. 종종걸음으로 내 쪽으로 오길래 슬쩍 인사를 건넸다. 그러자 너구리가 심각하게 물었다.

"오늘 숙직 아니셨습니까?"

아니, 숙직 아니셨습니까는 무슨, 두 시간 전에 본인이 직접 나한테 와서 "오늘이 첫 숙직이죠? 수고가 많네요" 하지 않았던가. 교장쯤 되면 괜히 빙빙 돌려 말하게 되는 모양이다. 나는 기분이 상해서 "네, 숙직입니다. 숙직이니까 지금부터 들어가 숙직하겠습니다" 하고 툭 내뱉고는 성큼성큼 가버렸다. 다테마치 사거리에 이르자 이번엔 고슴도치와 마주쳤다. 정말 코딱지만 한 동네다. 길만 나섰다 하면 꼭 누군가와 마주쳤다.

"자네 오늘 숙직 아닌가?"

"네, 숙직 맞아요."

"숙직이 이렇게 막 돌아다니면 문제되지 않나?"

"문제될 게 뭐 있어요? 가만히 처박혀 있는 게 문제지."

나는 의기양양하게 받아쳤다.

"자네도 참 못 말려. 그러다 교장이나 교감이라도 만나면 어쩌려고?"

고슴도치가 평소답지 않게 나무라는 투로 말했다.

"교장은 금방 마주쳤어요. 더울 땐 산책이라도 하면서 숙직해야죠, 하면서 오히려 칭찬하던데요."

나는 이렇게 툭 던지고는 성가셔져서 곧장 학교로 돌아왔다.

어느새 해가 저물었다. 사환을 숙직실로 불러 두 시간 정도 이야기를 나눴지만 그것도 지겨워져서 일단 눕자고 생각했다. 잠옷으로 갈아입고 모기장 안으로 들어가 빨간 이불을 쫙 젖히고는 쿵 주저앉았다가 벌러덩 드러누웠다. 자기 전에 엉덩방아를 찧듯 쿵 주저앉는 것은 어릴 때부터 습관이었다. 오가와마치 하숙집에 살 때도, 아래층에 살던 법학도 학생이 시끄럽다고 불평한 적이 있다. 법학도란 것들은 비실비실한 주제에 말발만 세서 골치가 아프다. 그래서 내가 잠자리에 들 때 쿵, 소리가 나는 건 내 엉덩이 탓이 아니라 하숙집을 조잡하게 지은 탓이니 불만 있으면 하숙집 주인에게 따지라고 딱 잘라 말했다. 다행히 숙직실은 2층이 아니니까 쿵, 하고 주저앉아 벌러덩 누워도 상관없다. 되도록 철퍼덕 쓰러지듯 누워야 눕는 맛이 난다. 아, 좋다, 하며 다리를 쭉 뻗는 순간, 두 다리에 뭔가가 달라붙었다. 까끌까끌한 게 벼룩은 아닌 듯해서 깜짝 놀라 이불 속에서 다리를 두세 번 털었더니 그 까끌까끌한 놈이 순식간에 불어났다. 정강이에 대여섯 놈, 허벅지에 두세 놈, 엉덩이 밑에 찌부러진 놈 하나, 배꼽 근처까지 튀어 오른 놈이 하나……. 기겁하며 잽싸게 일어나 이불을 홱 들추자, 메뚜기 오륙십 마리가 떼로 튀어나왔다. 정체를 알기 전에는 좀 섬뜩했지만, 메뚜기라는 걸 알아차리자 화가 치밀었다. 메뚜기 놈 주제에 사람을 놀라게 하다니 어디 두고 보자 싶어 베개를 두어 번 휘둘러 내리쳤지만, 너무 조그만 놈들이라 힘껏 휘둘러도 별 효과가 없었다. 할 수 없이 다시 이불 위에 앉아 돗자리를 둘둘 말아 바닥 여기저기를 마구 내리쳤다. 놀란 메뚜기들이 튀어 오르면서 어깨며 머리며 코끝에 사정없이 부딪쳤다. 얼굴에 달라붙은 놈은 베개로 칠 수가 없으니 손으로 낚아채서 바닥에 내동댕이쳤다. 그런데 약오르게도 아무리 힘껏 내리쳐도 모기장 안이라 출렁거리기만 하지 타격감이 전혀 없었다. 메뚜기들은 모기장에 달라붙어 있거나 죽지도 않고 멀쩡했다. 삼십 분 정도 사투를 벌인 끝에 겨우 메뚜기떼를 소탕했다. 나는 빗자루를 가져와 죽은 메뚜기를 쓸어냈다. 사환이 나타나 무슨 일이냐고 묻기에, 메뚜기를 이불 속에서 키우는 놈들이 세상천지 어디 있냐면서 고함을 질렀더니 몰랐다면서 변명했다. 나는 모르는 게 말이 되냐면서 빗자루를 휙 던져버렸다. 겁먹은 사환은 빗자루를 주워들고 돌아갔다.

나는 즉시 기숙사생 대표 셋을 불러냈다. 그런데 여섯 명이 나왔다. 여섯이든 열이든 어차피 상관없다. 나는 잠옷 바람으로 팔을 걷어붙이고 담판을 벌였다.

"누가 숙직실에 메뚜기를 넣어놨지?"

"무슨 메뚜기요?"

맨 앞에 있던 녀석이 말했다. 아주 태연했다. 이놈의 학교는 교장이고 학생이고 시치미 떼는 데 도가 텄다.

"메뚜기 몰라? 모른다면 보여주지."

그런데 하필 아까 몽땅 쓸어내버리는 바람에 하나도 남아 있지 않았다. 나는 다시 사환을 불러 말했다.

"아까 그 메뚜기 좀 가져와."

"벌써 쓰레기통에 내다 버렸는데, 주워 올까요?"

"그래, 당장 주워 와."

사환이 헐레벌떡 달려나갔다. 이윽고 종이 위에 메뚜기를 열 마리쯤 올려서 가지고 왔다.

"저어, 밤이라 잘 안 보여서 이것밖에 못 주웠어요. 내일 아침에 더 주워 올게요."

사환까지 얼간이였다. 나는 메뚜기 하나를 집어 학생들에게 보여주며 말했다.

"봐라, 이게 메뚜기다! 덩치는 산만 한 놈들이 메뚜기도 몰라?"

그러자 맨 왼쪽 끝에 있던, 얼굴이 동글동글한 놈이 뻔뻔스럽게 말했다.

"그건 풀무치지라."

"야, 이 멍청아, 풀무치나 메뚜기나. 그리고 선생님 앞에서 지라가 뭐냐? 지라는 탕 끓일 때나 쓰는 말이지!"

"그 지라랑, 탕은 다르지라."

이놈은 끝까지 지라 타령이다.

"풀무치든 메뚜기든, 왜 이불 속에 있냐니까? 내가 언제 메뚜기 넣어달라고 부탁이라도 했냐?"

"아무도 안 넣었는데요."

"아무도 안 넣었는데 대체 왜 숙직실에 있냐고?"

"풀무치는 따뜻한 데를 좋아하니까 저 혼자 기어들어 갔겠죠."

"말도 안 되는 소리! 메뚜기가 어떻게 혼자서 기어들어 와. 자, 왜 이런 장난을 쳤지? 어서 말하라니까!"

"무슨 말이요. 안 넣었다니까 왜 그러세요."

치졸한 놈들. 자기들이 했다고 밝히지도 못할 짓은 애초에 하지나 말지. 증거가 나올 때까지 잡아떼겠다는 심산인지 아주 뻔뻔하게 나왔다. 나도 중학생 때는 장난 좀 쳤다. 하지만 누가 그랬냐고 물었을 때 비겁하게 굴진 않았다. 한 건 한 거고, 안 한 건 안 한 거다. 난 아무리 장난을 쳐도 떳떳했다. 거짓말까지 하며 벌을 피할 거면 애당초 하지도 않았다. 장난에는 벌이 따라붙기 마련이다. 벌이 있으니 장난도 더 신나게 치는 거다. 장난만 치고 벌은 못 받겠다니, 이런 비열한 근성은 대체 어디서 유행한단 말인가? 돈은 빌려도 갚긴 싫다느니 하는 건 바로 이런 녀석들이 자라서 벌이는 짓거리일 것이다. 대체 중학교는 왜 다니는 건데? 학교에 와서 거짓말이나 하고 뒤에서 비열한 장난이나 치면서 졸업만 하면 배운 사람이라며 뻐기고나 다니겠지. 한심하기 짝이 없는 얼뜨기들.

이렇게 정신상태가 썩어빠진 놈들과 담판을 벌이고 있자니 속이 뒤집혔다.

"도저히 말 못 하겠다면 됐다. 중학교씩이나 다닌다는 놈들이 상식과 몰상식도 구별하지 못한다는 게 참 딱할 뿐이다."

나는 이렇게 말하고는 여섯 명을 쫓아버렸다. 나의 말투나 행동은 다소 품위가 없었을지 몰라도 내면만큼은 이 자식들보다 훨씬 더 고상하다고 자부한다. 여섯 명은 태연히 물러났다. 겉모습만 보면 선생인 나보다 훨씬 더 거들먹거려 보였다. 솔직히 그래서 더 괘씸했다. 물론 나한테는 그만한 배짱도 없다.

그러고 나서 다시 이부자리에 누웠더니 아까 소동 탓에

모기장 안이 모기들 소리로 윙윙댔다. 촛불로 한 마리씩 지지는 건 너무 귀찮아서 모기장 끈을 풀어 길게 접은 뒤 이리저리 휘둘렀더니 고리가 손등을 세게 내리쳤다. 세 번째로 이부자리에 들었을 때는 조금 진정되긴 했지만 좀처럼 잠이 오지 않았다. 시계를 보니 10시 반이었다. 진짜 고약스러운 곳으로 왔구나 싶었다. 어디를 가나 이런 놈들을 상대해야 한다면 중학교 선생이란 참으로 딱한 직업이다. 이래도 선생질을 계속하겠다는 사람이 있다니 놀랍다. 어지간히 인내심들이 좋은가 보다. 나는 도저히 해낼 자신이 없다. 이런 생각을 하고 있자니 문득 기요가 떠올랐다. 배우지도 못하고 집안도 망한 할머니지만 인간적으로는 참 훌륭한 사람이다. 지금껏 그렇게 보살핌을 받고도 딱히 고마움을 느끼지 못했는데, 이렇게 홀로 타지에 와 있어 보니 비로소 고맙게 느껴졌다. 에치고의 댓잎엿이 먹고 싶다니까, 일부러 가서라도 사다 먹이고 싶었다. 기요는 나보고 욕심이 없고 참 맑아서 좋다고 칭찬했지만, 칭찬해주는 쪽이 칭찬받는 쪽보다 훨씬 훌륭한 사람이다. 갑자기 기요가 보고 싶어졌다.

   기요를 생각하면서 이리저리 뒤척이는데, 별안간 천장이 무너지기라도 하듯 삼사십 명이 박자에 맞춰 발을 쿵쿵 구르는 소리가 들렸다. 그러고는 발소리에 맞춰 커다란 함성이 터져 나왔다. 나는 무슨 일이 났나 싶어 놀라서 벌떡 일어섰다. 그 순간, 아까 일에 대한 보복으로 학생들이 난동을 부리는 거라는 것을 깨달았다. 잘못한 일을 스스로 잘못했다고 말하지 않는 이상, 죄는 사라지지 않는다. 자기 잘못은 자신이 잘 알 것이다. 원래는 자면서도 후회하고, 아침에라도 사과하러 오는 게 도리다. 사과는 못하더라도, 적어도 겁먹고 조용히 지내는 게 맞다. 그런데 이게 웬 소란인가. 기숙사를 지어 돼지라도 키울 심산인가. 미친 짓도 정도껏 해야지. 이놈들 두고 보자! 나는 잠옷 차림으로 뛰쳐나와 계단을 세 칸이나 껑충껑충 뛰어 2층으로 올라갔다. 그런데 희한하게도 방금 전까지 쿵쾅거리며 생난리를 치던 소리가 뚝 그치고 쥐 죽은 듯 고요했다. 귀신이 곡할 노릇이었다. 불은 이미 꺼져 있어서 어디가 어딘지 분간할 수 없었지만, 인기척은 느낄 수 있었다. 동쪽에서 서쪽으로 길게 뻗은 복도에는 쥐새끼 한 마리도 보이지 않았다. 복도 끝에서 달빛이 들어와 저 멀리까지 희미하게 밝았다. 아무래도 이상했다. 나는 어려서부터 꿈을 자주 꿨는데, 꿈결에 벌떡 일어나 알 수 없는 잠꼬대를 해대서 사람들을 웃기곤 했다. 열여섯인가 열일곱 살 때는 다이아몬드 줍는 꿈을 꾸다가 벌떡 일어나 옆에 있던 형에게 "방금 그 다이아몬드 어쨌어?" 하고 따진 적도 있었다. 그 일로 사흘 내내 집안의 웃음거리가 되어 고달팠던 기억이 있다. 어쩌면 방금 일도 꿈일지 모른다. '하지만 분명 들었는데' 하며 나는 복도 한복판에 서서 생각에 잠겨 있었다. 그때 달빛이 비치는 저쪽에서 "하나, 둘, 셋!" 하고 삼사십 명쯤 되는 학생들의 목소리가 울리더니, 또다시 박자를 맞춰 동시에 마루를 쿵쿵 굴렀다. 역시 꿈이 아니었다.

"조용히 해! 한밤중이잖아!"

나도 질세라 냅다 고함을 지르며 복도 저편으로 내달렸다. 내가 달리는 길은 어두워서 저 멀리 희미하게 비치는 달빛만이 길잡이가 되어주었다. 4미터쯤 지났을까. 복도 한가운데서 단단하고 큰 뭔가에 정강이를 쿵 부딪쳤다. 아프다는 생각이 들 새도 없이 몸이 앞으로 휙 고꾸라졌다.

"이런, 제기랄!"

몸은 일으켜 세웠지만 달릴 수가 없었다. 마음은 급한데 다리가 말을 듣지 않았다. 천불이 나서 외다리로 깡충깡충 뛰어가 보니, 언제 그랬냐는 듯 발소리도 목소리도 온데간데없이 사라지고 다시금 조용해졌다. 아무리 인간이 비겁하다지만, 이렇게까지 비겁할 수 있나. 막돼먹은 돼지떼 같으니라고. 이렇게 된 이상 놈들을 모조리 끌어내 사과를 받아내고야 말겠다. 문을 열어 방을 일일이 확인하려 했지만 열리지 않았다. 잠근 건지, 책상 같은 걸로 쌓아둔 건지, 아무리 밀어도 꿈쩍하지 않았다. 이번에는 맞은편 북쪽 방문을 열어보려 했지만, 여기도 마찬가지였다. 내가 안에 있는 놈들을 끌어내려 문과 씨름하는 동안, 동쪽 끝에서 또다시 함성과 발 구르는 소리가 시작되었다. 이놈들이 서로 짜고 나를 가지고 노는구나, 싶었지만 뾰족한 수가 없었다. 솔직히 말하면, 나는 용기는 있지만 지혜는 모자란 편이라 이런 상황에선 뭘 어떻게 해야 모르겠다. 그래도 결코 물러설 생각은 없다. 이대로 끝내는 건 내 체면이 허락지 않는다. 도쿄 토박이 체면이 있지 기개가 없다는 소리를 들을 순 없다. 숙직을 서다 어린놈들한테 속수무책으로 당한 채 눈물을 머금고 잠자리에 든다는 건 평생의 수치다. 이래 봬도 쇼군 직속 무사인 하타모토 집안 출신이다. 세이와 겐지의 후손인 미나모토 미쓰나카의 피를 이어받았단 말이다. 이런 시골 촌놈들이랑은 태생부터가 다르다. 다만 지혜가 모자란 게 한스러울 뿐. 그래도 물러설 순 없었다. 정직해서 방법을 모르는 것이다. 세상일은 결국 정직한 사람이 이기게 되어 있다. 오늘 밤 못 이기면 내일 이긴다. 내일 못 이기면 모레 이긴다. 모레도 못 이기면 하숙집에서 도시락을 싸들고 와서라도 이길 때까지 버틴다! 이렇게 각오를 다지고 복도 한가운데 죽치고 앉아 날이 새기만을 기다렸다. 모기가 윙윙 달려들었지만 아무렇지 않았다. 아까 부딪친 정강이를 쓰다듬어보니 뭔가 미끌거렸다. 피가 난 모양인데 지금 피 같은 게 대수인가. 아까부터 쌓인 피로가 밀려와 깜빡 잠이 들고 말았다. 뭔가 어수선한 소리에 눈을 떴다가 깜짝 놀라 벌떡 일어섰다.

'이런!'

내가 앉아 있던 오른쪽 문이 반쯤 열리더니 학생 둘이 내 앞에 섰다. 정신이 번뜩 들어 코앞에 있던 학생의 다리를 확 잡아당겼다. 녀석은 뒤로 벌렁 나자빠졌다. 꼴 좋다. 옆에서 당황한 나머지 한 녀석도 얼른 달려들어 어깨를 붙잡고 두세 번 뒤흔들었더니 깜짝 놀라 눈만 껌뻑거렸다.

"자, 어서 가!"

내가 잡아끌자 겁을 먹었는지 순순히 따라왔다. 날은 이미 훤히 밝아 있었다.

나는 녀석을 숙직실로 끌고 와 심문하기 시작했다. 돼지는 매운맛을 보여줘도 결국 돼지인지, 끝까지 모른다고 잡아뗐다. 그러는 사이 학생들이 하나둘 숙직실로 모여들었다. 보니까 다들 졸린 얼굴로 눈이 퉁퉁 부어 있었다. 한심한 것들 같으니라고. 겨우 하룻밤 못 잤다고, 그러고도 너희가 사내놈이냐.

"세수라도 하고 와서 따지든지."

내가 말했지만, 아무도 세수하러 가지 않았다.

오십 명이 넘는 학생들과 한 시간가량 누가 이기나 버티고 있는데, 불쑥 너구리가 나타났다. 나중에 들었는데, 학교에 소동이 벌어졌다고 사환이 군이 보고하러 간 모양이었다. 고작 이깟 일로 교장을 부르다니, 너무 간덩이가 작다. 그러니까 중학교 사환이나 하고 있지.

교장은 내게서 상황을 보고받았다. 학생들 이야기도 들어줬다. 그러고는 "추후에 처분 내릴 테니 일단 등교해라. 얼른 세수하고 밥부터 먹어. 빨리!" 하면서 기숙사생들을 모두 풀어줬다.

정말이지 미적지근한 태도였다. 나라면 기숙사생 전원을 당장 퇴학시켜 버렸을 텐데. 이렇게 물러터졌으니까 학생들이 선생을 얕잡아보는 거다. 그러고는 "선생님도 마음고생 많으셨습니다. 오늘 하루는 좀 쉬세요" 하고 교장이 말하길래 나는 이렇게 대답했다.

"아닙니다, 마음고생은요. 매일 밤 이런 일이 벌어져도 목숨이 붙어 있는 한 걱정 같은 안 합니다. 수업은 하겠습니다. 고작 하룻밤 못 잤다고 수업을 못 할 정도라면, 월급 받을 자격이 없지요."

교장은 무슨 생각인지 내 얼굴을 물끄러미 보다가 "그나저나 얼굴이 많이 부었네요" 하고 말했다. 그러고 보니 좀 묵직한 느낌이 들었다. 게다가 얼굴 전체가 가려웠다. 모기한테 잔뜩 뜯긴 모양이었다. 나는 얼굴을 벅벅 긁으며 "얼굴이 아무리 부어도 입은 멀쩡하니까 수업에는 지장 없습니다" 하고 대꾸했다. 교장은 웃으면서 "기운이 참 넘치시네요" 하고 칭찬했다. 솔직히 칭찬이라기보다 비꼰 걸 테지만.

5

"같이 낚시하러 안 갈 텐가?"

빨간 셔츠가 내게 물었다. 빨간 셔츠는 듣기 꺼림칙할 정도로 상냥한 목소리를 내는 남자다. 도무지 남자인지 여자인지 알 수가 없다. 남자라면 남자답게 말해야지. 전문학교 나온 나도 이렇게 사내 같은 소리를 내는데 대학물 먹은 문학사가 저런 꼴이라니 흉하다.

나는 "글쎄요……." 하고 말끝을 흐렸다.

"낚시 안 해봤어?"

그가 실례되는 질문을 했다.

"자주 해본 건 아닌데, 어릴 때 고우메 낚시터에서 붕어 세 마리는 낚아봤어요. 또 가구라자카의 비샤몬 축제 때 한 뼘쯤 되는 잉어를 잡을 뻔했다가 아슬아슬하게 놓쳤고요. 고놈은 지금 생각해도 아깝네요."

빨간 셔츠는 턱을 앞으로 쑥 내밀며 호호호호, 가소롭다는 듯 웃었다.

"그럼, 아직 낚시의 참맛을 모르겠군. 원한다면 내가 비법 전수 좀 해주지."

그러고는 한껏 우쭐댔다. 누가 알려달랬나. 애당초 낚시니 사냥 따위 하는 것들은 다 매정한 인간들이다. 그게 아니라면 어찌 살생을 저질러놓고 기뻐할 수 있겠는가. 물고기든 새든 죽는 것보다 당연히 살아 있는 게 더 좋을 것이다. 먹고살기 위해 어쩔 수 없이 사냥한다면 몰라도, 부족함 없이 잘 먹으면서 굳이 산 생물을 죽이지 않으면 잠이 안 온다니, 참으로 배부른 소리다. 이렇게 생각했지만, 상대는 말발 좋은 문학사라 괜히 따져봐야 이길 수 없겠다 싶어서 잠자코 있었다. 그러자 빨간 셔츠는 나를 굴복시켰다고 착각했는지 "자, 전수해드려야겠네. 오늘 어때? 요시카와 선생과 둘이서는 심심하니까 같이 가지" 하며 권했다.

요시카와 선생이란 미술 선생으로 바로 그 광대다. 광대는 어쩐 영문인지 빨간 셔츠 집에 아침저녁으로 들락거리며 어디든 따라다녔다. 동료라기보다 꼭 머슴처럼 보였다. 빨간 셔츠가 가는 곳이라면 광대도 반드시 따라가니 새삼 놀랄 일도 아니지만, 둘이 가면 될 것을 왜 무뚝뚝한 나까지 데려가려는 걸까. 자기가 낚는 모습을 내 앞에서 으스대며 자랑하려고 나를 끌어들인 게 틀림없다. 하지만 그딴 걸로 기죽을 내가 아니다. 참치 두세 마리쯤 낚았다고 해서 꿈쩍할 내가 아니란 말이다. 나라고 못 할 것도 없다. 아무리 서툴러도 줄만 드리우면 뭐든 걸릴 것이다. 여기서 내가 안 가겠다고 하면 빨간 셔츠는 못 하니까 안 가는 거라며 지레짐작할 게 뻔했다. 그래서 가겠다고 해버렸다. 학교가 끝나고 집에 들러 준비를 마친 뒤, 정거장에서 빨간 셔츠와 광대를 만나 바닷가로 향했다. 사공 홀로 젓는 배는 길쭉한 모양으로 도쿄 근방에서는 보지 못한 형태였다. 아까부터 배 안을 둘러보았지만 낚싯대가 하나도 보이지 않았다. 낚싯대 없이도 낚시를 할 수 있나, 무슨 생각인가 싶어 광대에게 물으니 턱을 어루만지며 아는 체했다.

"원래 배낚시는 낚싯대를 안 써요, 줄만 쓰지."

이렇게 거들먹거릴 줄 알았으면 물어보지 말 걸 그랬다.

사공은 천천히 노를 저었지만, 역시 솜씨가 노련한지라 뒤돌아보니 어느새 포구가 조그맣게 보였다. 고하쿠지 절의 오층탑이 숲 위로 바늘처럼 뾰족하게 솟아 있었다. 맞은편을 보니 아오시마라는 섬이 떠 있었다. 사람이 살지 않는 무인도라는데, 그래서 그런지 돌과 소나무뿐이었다. 하긴 돌과 소나무만으로는 살 수 없을 것이다. 빨간 셔츠는 자꾸만 경치에 감탄했다. 광대도 "절경이네요" 하고 거들었다. 절경인지 뭔지는 몰라도 기분이 상쾌하긴 했다. 탁 트인 바다 위에서 바닷바람을 맞으니 속이 다 뻥 뚫렸다. 괜히 배가 고파졌다.

"저 소나무 좀 봐. 가지가 곧게 뻗고 우듬지가 우산처럼 퍼진 게 꼭 터너의 그림 같군."

빨간 셔츠가 광대에게 말했다.

"정말 터너 그림 같아요. 저 휘어진 모습이 참으로 예술이네요. 터너 그 자체예요."

광대가 짐짓 아는 체를 하며 맞장구를 쳤다. 터너가 누군지 몰랐지만, 굳이 알 필요는 없으니 나는 가만히 있었다. 배는 섬을 오른쪽으로 보며 둥글게 돌았다. 파도는 잔잔했다. 너무 잔잔해서 바다라 하기 어려울 정도였다. 빨간 셔츠 덕에 기분이 몹시 좋았다. 이왕 온 김에 저기 섬까지 올라가 보고 싶어져서 "저기 저 바위 쪽에 배를 댈 수 있어요?" 하고 물었다.

"못 댈 것도 없지만 낚시는 바위랑 너무 가까우면 안 돼."

빨간 셔츠가 반대했다. 나는 잠자코 있었다. 그러자 광대가 엉뚱한 소리를 했다.

"교감 선생님, 이제부터 저 섬을 터너 섬이라 부르는 게 어떻겠습니까?"

"그거 재미있군, 앞으로 우리끼리는 그렇게 부르도록 하지."

빨간 셔츠가 맞장구를 쳤다. 그 '우리'에 나까지 끼워넣은 거라면 영 귀찮은 일이다. 나한테는 그냥 아오시마로 충분

했다.

"저 바위 위에 라파엘로의 마돈나를 세우면 어떨까요? 멋진 그림이 될 겁니다" 하고 광대가 말하자, "마돈나는 좀 그렇지" 하면서 빨간 셔츠는 호호호호, 하고 징그럽게 웃었다.

"아무도 없으니 괜찮을 것 같은데요."

광대가 나를 흘긋 보더니 일부러 고개를 돌리고 히죽히죽 웃었다. 나는 왠지 기분이 나빠졌다. 마돈나건 코돈나건, 세우든 말든 내 알 바 아니지만, 자기들끼리만 아는 소리를 해대며, '넌 모르니까 상관없지?'라는 식으로 행동하는 건 천박한 짓이다. 게다가 본인은 도쿄 토박이라며 으스대기까지 한다. 마돈나는 분명 빨간 셔츠가 자주 찾는 기생의 별명일 것이다. 단골 기생을 무인도 소나무 아래 세워두고 바라보면 참 볼만하겠다. 그걸 광대가 유화로 그려 전시회라도 열면 더 딱이겠고.

"여기가 좋겠네요."

사공이 배를 멈추고 닻을 내렸다. 빨간 셔츠가 수심이 얼마나 되는지 묻자 사공이 10미터쯤 된다고 대답했다.

"10미터면 도미는 잘 안 잡히겠네."

빨간 셔츠는 이렇게 말하며 낚싯줄을 바다에 던졌다. 대어를 노리는 모양인데 배포 한번 크다. 광대는 슬쩍 아부를 떨었다.

"교감 선생님 솜씨면 충분히 잡히죠. 물결도 잠잠하고요."

그러면서 자기도 줄을 풀어 바다에 던졌다. 보니까 줄 끝에 납추만 달려 있을 뿐, 찌가 없다. 찌 없이 낚시를 하다니, 온도계 없이 체온을 재는 거나 마찬가지다. 이건 도저히 못 하겠다 싶어 그냥 구경하고 있는데 빨간 셔츠가 와서 물었다.

"자, 자네도 한번 해봐. 줄은 있지?"

"줄이야 많지만, 찌가 없는데요."

"찌 없어서 낚시를 못 한다고 하는 사람은 아마추어야. 이렇게 말이야, 배 난간에서 줄을 바닥까지 넣고서 손가락으로 신호를 느끼는 거지. 물면 바로 느낌이 와. 봐, 왔어!"

바로 그때 빨간 셔츠가 서둘러 줄을 거두기 시작했다. 뭐라도 걸린 줄 알았는데 아무것도 없었다. 미끼만 홀랑 없어졌을 뿐이다. 꼴 좋다.

"교감 선생님, 아쉽네요. 방금 건 분명 큰놈이었을 텐데. 교감 선생님 솜씨로도 놓치는 걸 보니, 오늘은 방심할 수 없겠네요. 뭐, 놓치면 어떤가요. 찌만 쳐다보고 있는 사람들보다야 낫죠. 브레이크 없는 자전거를 못 타는 거랑 똑같잖아요."

한 대 쥐어박고 싶었다. 나도 사람이다. 교감 혼자 전세 낸 바다도 아니고, 이렇게 넓은 데서 가다랑어 한 마리쯤은 의리로라도 걸려주지 않겠나 싶어 낚싯줄을 퐁당 던져 넣고 까딱거렸다. 잠시 후, 낚싯줄이 뭔가 꿈틀거리는 느낌이 들었다.

'올 게 왔다. 살아 있는 게 아니고서야 이렇게 꿈틀댈 리 없다, 걸렸구나!'

나는 이렇게 생각하며 힘차게 줄을 거두었다.

"어라, 잡았나. 장래가 촉망되는데요."

광대가 비꼬듯 말하는 사이, 줄을 거의 다 거두어 150센티 정도만 잠겨 있었다. 내려다보니, 금붕어처럼 줄무늬가 있는 물고기가 줄에 매달려 이리저리 요동치며 내 손놀림에 따라 점점 수면 가까이 떠오르는 게 재미있었다. 물 위로 끌어올릴 때는 마구 파닥거리는 통에 얼굴에 바닷물이 튀었다. 간신히 붙잡아 바늘을 빼내려 했지만 쉽게 빠지지 않았다. 물고기를 잡은 손이 미끌미끌해서 기분이 굉장히 나빴다. 짜증 나서 줄을 휘둘러 배에다 패대기쳤다니 바로 죽어버렸다. 빨간 셔츠와 광대는 놀라며 쳐다봤다. 나는 바닷물에 손을 쓱쓱 씻어 코에 대보았다. 아직도 비린내가 났다. 지긋지긋했다. 뭐가 잡히든 물고기는 이제 만지고 싶지 않다. 물고기도 사람 손에 잡히는 건 끔찍할 거다. 얼른 줄을 말아 정리해버렸다.

"선수치고 잡더니 고작 고루키[*]?"

광대가 또 건방지게 말하자, 빨간 셔츠가 "러시아 문학자

---

[*] 황줄베도라칫과의 바닷물고기. 몸의 길이는 20센티미터 정도로 길고 납작하며, 잿빛을 띤 갈색 바탕에 복잡한 무늬가 있다.

막심 고리키와 비슷한 이름이군" 하고 말장난을 쳤다.

"그러게요, 꼭 러시아 문학자 같아요."

광대는 바로 맞장구를 쳤다. 어련하실까? 고루키는 러시아 문학자고 마루키는 시바의 사진사고 고메노나루키*는 생명줄이겠지. 이 빨간 셔츠는 지독한 고질병이 있었다. 말끝마다 외국인 이름을 늘어놓았다. 사람마다 전문 분야가 따로 있기 마련인데, 나 같은 수학 교사가 고르키인지 샤르키**인지 어떻게 아나. 배려심이란 게 눈곱만큼도 없다. 정 입이 근질거린다면 《프랭클린 자서전》이나 《푸싱 투 더 프런트》*** 같은, 나도 알 만한 걸 대란 말이다. 빨간 셔츠는 이따금 《제국 문학》****이라는 새빨간 잡지를 학교에 들고 와 뿌듯한 듯 읽곤 했다. 너구리에게 물어보니 빨간 셔츠가 떠드는 꼬부랑말은 전부 그 잡지에서 나온 거라고 했다. 《제국 문학》도 문제가 많은 잡지다.

그 뒤로 빨간 셔츠와 광대는 정신 없이 낚시질을 했고, 거의 한 시간 만에 둘이서 열대엿 마리를 잡았다. 우습게도 걸리는 족족 죄다 고루키였다. 도미 같은 건 구경도 못 했다.

---

* 쌀이 열리는 나무.
** 일본어로 짐수레꾼을 뜻한다.
*** 《Pushing to the Front》(1894). '오리슨 스위트 마든(Orison Swett Marden)'이라는 미국의 성공학 작가가 쓴 자기계발서.
**** 메이지 시대 후반인 1895년경부터 간행된 잡지로, 도쿄제국대학 문학부 출신 문인들이 중심이 되어 창간한 종합 문예지.

"오늘은 러시아 문학이 대풍년이군."

빨간 셔츠가 광대에게 말했다.

"교감 선생님 실력도 고루키인데, 저 같은 사람은 당연히 고루키죠."

광대가 맞장구를 쳤다. 사공에게 물어보니 이 물고기는 맛도 더럽게 없는 데다 가시까지 많아서 도저히 먹을 수 없단다. 비료로 쓰면 딱 적당하다고 했다. 빨간 셔츠와 광대는 열심히 비료를 낚은 셈이다. 딱하기 그지없다. 나는 한 마리 낚고 질려서는 배 중앙에 드러누워 아까부터 푸른 하늘만 바라보고 있었다. 낚시질보다 이게 훨씬 근사하다.

이윽고 두 사람이 소곤대기 시작했다. 잘 들리지도 않았지만, 굳이 듣고 싶지도 않았다. 나는 하늘을 바라보며 기요 생각을 했다. 돈만 좀 있다면 이런 아름다운 곳에 기요를 데리고 놀러 오면 참 좋을 텐데. 아무리 절경인들 광대 같은 녀석과 있자니 시시할 따름이었다. 기요는 쭈글쭈글한 할머니지만 어디를 데려가도 창피한 마음은 들지 않는다. 광대 같은 놈은 마차를 타든, 배를 타든, 료윤가쿠*에 오르든, 도저히 상종할 만한 인간이 아니다. 내가 교감이었다면, 틀림없이 나한테 알랑방귀나 뀌면서 빨간 셔츠를 비웃었을 것이다. 도쿄 사람은 천박하다고들 하는데, 이런 놈이 시골을 돌

---

* 구름 위로 솟은 누각이란 뜻으로, 도쿄 아사쿠사에 있던 일본 최초의 서양식 고층 건물. 12층 높이로 '아사쿠사 12층'이라 불렸다.

아다니며 도쿄 토박이입네 떠들어대니, 시골 사람들이 도쿄 출신을 천박하게 보는 것이다. 이런 생각을 하고 있는데 두 사람이 히죽히죽 웃기 시작했다. 웃으면서 쑥덕거렸지만, 말이 톡톡 끊겨 도통 알아들을 수가 없었다.

"뭐? 어쩌다가……."

"……그렇대요, ……모르니까, ……어이가 없죠."

"설마……."

"메뚜기를……, 진짜예요."

나는 딱히 귀담아듣지 않았지만, 광대가 메뚜기라고 말하는 것을 들었을 때는 나도 모르게 움찔했다. 광대는 어째서인지 메뚜기라는 단어에만 유독 힘을 주어 내 귀에 또렷하게 들리도록 말해놓고, 그 뒤는 일부러 흐릿하게 얼버무렸다. 나는 미동도 하지 않고 귀를 기울였다.

"또 예전처럼 홋타가……."

"그럴지도 모르겠네……."

"튀김……, 하하하하하."

"……부추겨서……."

"경단도?"

말이 이렇게 띄엄띄엄 들리긴 했지만, 메뚜기니 튀김이니 경단이니 하는 걸 보면, 분명 내 얘기가 틀림없었다. 할 거면 큰 소리로 하든가, 험담을 할 거면 나를 아예 부르지 말든가 하지. 하여간 마음에 안 드는 놈들이다. 메뚜기건 꼴뚜기건 간에 내 잘못이 아니다. 교장이 일단은 자기한테 맡겨두라고 하니까 너구리 체면을 봐서 지금까지 참고 있는 것뿐이다. 그런데 광대가 주제넘게 참견질을 하고 있다. 그냥 가만히 구경이나 할 것이지. 내 일은 내가 알아서 하면 그만이지만, '또 예전처럼 훗타가'와 '부추긴다'라는 말이 신경 쓰였다. 훗타가 나를 부추겨서 사건을 키웠다는 말인지, 아니면 훗타가 학생들을 부추겨서 나를 괴롭혔다는 말인지 도무지 종잡을 수 없었다. 하늘을 보니, 햇살이 점점 약해지고 서늘한 바람이 불기 시작했다. 향처럼 피어오르는 구름이 투명한 하늘을 가르더니 어느새 엷은 안개를 드리웠다.

"이제 돌아갈까?"

빨간 셔츠가 무슨 생각이라도 났는지 불쑥 말했다.

"슬슬 가야 할 때긴 하네요. 오늘 밤은 마돈나를 만나러 가시나요?"

광대가 말했다. 빨간 셔츠는 "무슨 소리 하나, 누가 들으면 오해하겠어"라고 말하면서 뱃전에 기대고 있던 몸을 살며시 일으켰다.

"에헤헤헤헤, 뭐 어떻습니까. 들어봤자……."

광대가 뒤를 돌아봤을 때, 나는 접시처럼 눈을 동그랗게 뜨고 광대를 똑바로 보았다. 광대는 눈이 부신지 고개를 홱 돌리고는 "이야, 못 당하겠네" 하며 목을 움츠리고 머리를 긁적였다. 뭐 저런 약아빠진 놈이 다 있을까. 배는 잔잔한 바다를 따라 육지로 서서히 돌아갔다.

"자네는 낚시를 별로 좋아하지 않나 보군."

빨간 셔츠가 물었다.

"네, 드러누워 하늘을 보는 게 더 좋은데요."

내가 이렇게 대답하고는 피우던 담배를 바다에 던져 넣으니, 치익 하는 소리와 함께 노가 헤친 물결 위를 둥둥 떠내려갔다.

"자네가 와서 학생들이 좋은가 보던데, 잘 좀 부탁하네."

빨간 셔츠는 이번에는 낚시와 전혀 상관없는 말을 꺼냈다.

"뭐 딱히 좋아하지도 않던데요."

"아니, 빈말이 아니네. 진짜 좋아하던데. 그렇지, 요시카와 선생?"

"좋아하는 정도가 아닙니다. 아주 난리도 아니라니까요."

광대가 히죽히죽 웃으며 말했다. 이놈은 입만 열었다 하면 사람을 약 오르게 하는 재주가 있었다.

"그런데 자네, 조심해야 해, 안 그럼 큰코다쳐."

빨간 셔츠가 말했다.

"어차피 그렇게 되겠죠. 이렇게 된 이상 각오하고 있습니다."

나는 이렇게 받아쳤다.

실제로 나는 학교를 그만두든지, 아니면 기숙사생들이 사과를 하게 만들든지 둘 중 하나로 끝을 볼 작정이었다.

"그렇게 말하면 나도 할 말은 없지만……, 나도 교감으로서 다 자네를 위해 하는 말이니 고깝게 듣지 말고."

"교감 선생님은 정말로 선생님을 좋게 생각하고 계세요. 나도 힘은 없지만 같은 도쿄 토박이로서 되도록 오래 근무하길 바라는 마음에 이렇게나마 뒤에서 애를 쓰고 있지요."

광대가 어쩐 일로 사람다운 말을 했다. 광대한테 신세를 지느니 차라리 목을 매 죽어버리는 게 낫겠다.

"그래서 말인데, 학생들은 자네가 온 걸 무척 반기긴 하지만, 거기에는 이래저래 사정이 있어서 말이야. 자네도 속상한 일들이야 있겠지만, 조금만 참아주면 좋겠네. 절대로 자네한테 불이익이 가게 하는 일은 없을 테니까."

"이래저래 사정이란 게 무슨 사정입니까?"

"그게 좀 복잡해서 말이야, 뭐 시간 지나면 차차 알게 될 걸세. 내가 따로 설명하지 않아도 저절로 알게 될 거야. 그렇지, 요시카와 선생?"

"네, 상당히 복잡하죠. 그렇게 금방은 알기 어려워요. 하지만 차차 알게 되실 겁니다. 제가 따로 설명하지 않아도 저절로 알게 될 겁니다."

광대는 빨간 셔츠와 똑같은 말을 했다.

"그렇게 복잡한 사정이라면 안 들어도 상관은 없지만, 먼저 말씀을 꺼내셨으니 물어본 겁니다."

"그렇지. 우리가 먼저 말을 꺼내놓고 얼렁뚱땅 넘어가는 건 무책임한 일이지. 그럼 이것만 말해두겠네. 말하기 좀 조심스럽네만, 자네는 학교를 갓 졸업해서 교사는 처음 해보지. 그런데 학교라는 곳은 의외로 온갖 이해관계가 얽혀 있어서 그렇게 담백하게만은 흘러가지 않네."

"담백하게 흘러가지 않으면, 어떻게 흘러가는데요?"

"글쎄, 자네는 워낙 솔직한 성격이라서 말이야, 그게 곧 아직 경험이 부족하다는 건데……."

"어차피 경험은 부족할 수밖에 없죠. 이력서에도 써 놨지만, 전 이십삼 년 하고도 넉 달밖에 살지 않았으니까요."

"그래서 생각지도 않은 데서 공격을 당하는 수가 있어."

"정직하기만 하면 누가 덤벼든다 해도 무서울 게 없죠."

"물론 무섭지야 않겠지. 무섭진 않아도 당할 수가 있어. 실제로 자네 전임자가 당했으니까. 그래서 조심하라는 거네."

광대가 너무 조용해서 돌아보니, 어느새 배 뒤쪽에서 사공과 낚시 얘기를 나누고 있었다. 광대가 없으니 이야기하기가 훨씬 수월했다.

"제 전임자가 누구한테 당했다는 겁니까?"

"누구라고 콕 집어 말하면, 그 사람 명예가 걸린 일이니 말할 순 없네. 게다가 명확한 증거가 있는 게 아니라서 함부로 말했다간 내가 난처해질 수도 있으니. 아무튼, 어렵게 자네를 여기로 불렀는데, 실패하면 우리도 자네를 부른 보람이 없지 않겠나. 그러니 좀 조심해주게."

"자꾸 조심하라 하시는데, 이보다 어떻게 더 조심합니까? 나쁜 짓만 안 하면 되는 거 아닌가요?"

빨간 셔츠가 호호호호 웃었다. 하지만 나는 딱히 웃을 만한 얘기를 하지 않았다. 나는 여전히 내 생각이 옳다고 굳게 믿고 있다. 그런데 세상 사람들은 나를 나쁜 길로 인도하는 것 같았다. 나쁘게 굴지 않으면 사회에서 성공할 수 없다고 믿는 모양이다. 사람들은 가끔 정직하고 순수한 사람들을 보면, 도련님이니 애송이니 하며 트집 잡고 깔본다. 그럴 거면 애당초 초등학교나 중학교 윤리 시간에 거짓말하지 마라, 정직하게 살아라, 하고 가르치지 않는 편이 낫다. 차라리 학교에서 대놓고 거짓말하는 법이나 남을 믿지 않는 요령, 사람을 속이는 방법 같은 걸 가르치는 쪽이 세상을 위해서도 본인을 위해서도 나을 것이다. 빨간 셔츠가 호호호호 웃은 건 내 단순함을 비웃은 것이다. 단순함이나 진솔함이 비웃음거리가 되는 세상이라니 기가 막힐 노릇이다. 기요는 이럴 때 결코 웃지 않았다. 크게 감탄하며 들었을 뿐이다. 기요가 빨간 셔츠보다 훨씬 더 훌륭하다.

"물론 나쁜 짓을 하지 않는 게 좋지만, 자네 혼자 나쁜 짓을 하지 않는다 해도, 남들이 하는 나쁜 짓을 알아차리지 못하면 결국은 낭패를 보게 되지. 세상에는 겉보기엔 털털하고 친절하게 하숙집까지 소개해주는 사람이 있어도 절대로 방심해선 안 되는 사람들이 있으니까……. 제법 쌀쌀해졌네. 벌써 가을인가. 해안 쪽은 안개가 끼어서 세피아 톤으로 물들었군. 참 멋진 풍경이야. 어이, 요시카와 선생, 저 해안 풍경 좀 보게……."

빨간 셔츠가 큰 소리로 광대를 불렀다.

"이, 진짜 기가 막히네요. 시간만 있으면 사생이라도 해두고 싶은데, 그냥 보고만 있으려니 정말 아깝네요."

광대는 무척 감탄했다. 미나토야 여관집 2층에 불이 하나 켜지고, 기차 기적 소리가 빠앙 울릴 때, 내가 타고 있던 배는 해변 모래 위에 멈춰 섰다.

"어서들 오세요."

여주인이 해변에 서서 빨간 셔츠한테 인사했다. 나는 뱃머리에서 웃차 하며 해변으로 뛰어내렸다.

6

 나는 광대 놈이 끔찍이도 싫었다. 저런 놈은 단무지 눌러 놓는 돌을 매달아 바다에 던져버리는 게 일본을 위해서도 좋을 거다. 빨간 셔츠는 목소리부터 마음에 안 들었다. 괜히 점잔 빼며 상냥한 척 꾸미는 게 분명하다. 아무리 그래봤자 그 낯짝으로는 글렀다. 마돈나나 되니까 반하겠지. 그런데 교감이어서 그런지 광대보다 더 어려운 말을 했다. 집에 돌아와 놈이 한 말을 곰곰이 생각해보니, 얼핏 일리가 있는 말 같기도 했다. 두루뭉술하게 말해서 짐작은 잘 안 가지만, 아무래도 고슴도치가 나쁜 녀석이니 조심하라는 뜻인 듯하다. 그러면 그렇게 정확히 말하면 될 일이지, 영 사내답지 못하다. 게다가 진짜 그렇게 나쁜 선생이라면, 얼른 내쫓아버리면 될 것 아닌가. 문학사란 사람이 어쩌면 그리도 줏대가 없는지 모르겠다. 뒷얘기를 하면서도 이름조차 밝히지 못하는 걸 보면 겁쟁이가 틀림없다. 겁쟁이는 괜히 친절을 베푸는 법이라 빨간 셔츠도 여자처럼 친절하게 구는 것이다. 친절은 친절이고, 목소리는 목소리니, 목소리가 마음에 안 든다고 해서 친절까지 깎아내리면 그건 또 도리가 아니다. 그나저나 세상은 참 알 수 없다. 비위에 거슬리는 놈이 친절하게 굴고, 죽이 잘 맞는 친구가 악당이라니, 사람을 우습게 알아도 유분수지. 시골에서는 뭐든지 도쿄와는 반대로 돌아가는 모양이다. 정말 뒤숭숭한 동네다. 이러다가는 불이 얼음이 되고, 돌이 두부로 변해버릴지도 모르겠다. 그렇다 해도 고슴도치가 학생들을 선동했다니, 그런 장난을 칠 사람으로는 안 보이는데. 가장 인기 있는 선생이라니까 마음만 먹으면 그게 가능할지도 모르겠으나, 그렇게 빙 돌아서 괴롭히지 말고 직접 나를 붙잡아 싸움을 걸면 간단할 텐데. 혹시 내가 거슬린다면 '실은 여러모로 당신이 걸리적거리니 사직해주시오'라고 톡 까놓고 말하면 될 일 아닌가. 서로 잘 얘기하다 보면 어떻게든 되는 법이다. 그 말에 일리가 있다면 바라는 대로 내일이라도 그만둬줄 것이다. 밥 벌어먹을 데가 여기밖에 없는 것도 아니고, 어딜 가도 굶어 죽지 않을 자신은 있다. 고슴도치도 정말 속을 알 수 없는 녀석인가 보다.

  여기에 와서 처음으로 나한테 빙수를 사준 사람이 고슴도치였다. 그렇게 겉과 속이 다른 녀석에게 빙수를 얻어먹다니 내 체면이 말이 아니다. 딱 한 그릇 먹었으니 1전 5리의 신세를 진 셈이다. 하지만 1전이든 5리든 사기꾼한테 얻어먹은 일은 두고두고 께름칙할 것이다. 내일 학교에 가거든 1전 5리부터 갚아야겠다. 나는 기요한테서 3엔을 빌렸다. 하지만 오 년이 지난 지금까지도 아직 갚지 않았다. 못 갚는 게 아니라, 갚지 않은 것이다. 기요는 내가 언젠가는 갚겠지 하고 잠시라도 내 주머니 사정을 기대하지 않는다. 나 역시 언젠가는 갚아야지 하는 식으로 남처럼 의리를 세우며 갚을 생각은 없다. 내가 그런 걱정을 하면 할수록, 오히려 기요의 마음을 의심하는 꼴이 되어, 기요의 아름다운 마음에 흠집을 남기는 일이나 다름없다. 갚지 않는 건 기요를 무시해서가 아니다. 기요를 내 일부처럼 소중히 여기기 때문이다. 물론 기요와 고슴도치는 비교 대상이 안 되지만, 설령 얼음물이든 단술이든 남한테 신세를 지고도 모른 척하는 건, 나름 괜찮은 사람이라 여기고 그 사람의 호의를 받아들이는 행위다. 제 몫을 내면 그걸로 끝날 일을, 마음속으로 고맙다며 신세를 지는 건 돈으로 살 수 있는 대가가 아니다. 제 몫을 내면 그걸로 끝이다. 하지만 속에서 우러나오는 고마움은 돈으로 대신할 수 없는 보답이다. 지위나 관직이 없어도 하나의 독립된 인간이다. 독립된 인간이 머리를 숙일 때는 백만 냥보다 귀한 감사의 뜻이 담겨 있다고 보면 된다.

나는 고슴도치에게 1전 5리를 내게 해서 백만 냥보다 값진 보답을 했다고 생각한다. 고슴도치는 마땅히 고맙게 여겨야 한다. 그런데 뒤에서 비열한 짓을 하다니 참으로 괘씸한 놈이다. 내일 학교에 가 당장 1전 5리를 갚아버리면 이젠 아무것도 빚진 게 없는 셈이다. 그런 다음에 시원하게 한판 붙어야겠다.

여기까지 생각하다가 졸음이 몰려와서 나는 곯아떨어졌다. 다음 날은 각오한 바가 있어 평소보다 일찍 학교에 가서 고슴도치를 기다렸다. 그런데 고슴도치는 좀처럼 나타나지 않았다. 끝물이 왔다. 한문 선생도 왔다. 광대도 왔다. 그러다 마침내 빨간 셔츠까지 왔지만, 고슴도치 책상 위에는 분필 하나만 덜렁 놓여 있을 뿐 코빼기도 보이지 않았다. 나는 교무실에 들어서자마자 돌려줄 생각으로, 집을 나설 때부터 목욕탕에 갈 때처럼 1전 5리를 손에 꼭 움켜쥐고 학교까지 왔다. 손에 땀이 많은 편이라 펴보니 1전 5리가 땀에 젖어 있었다. 땀에 젖은 돈을 주면 고슴도치가 뭐라고 할 것 같아서 책상 위에 올려놓고 후후 불어서 말린 다음 다시 손에 쥐었다. 그때 빨간 셔츠가 다가와 내게 말을 걸었다.

"어젠 고생했네. 불편했을 텐데."

"불편하진 않았습니다. 덕분에 배는 좀 고팠죠."

내가 대꾸했다. 그러자 빨간 셔츠는 고슴도치의 책상에 팔꿈치를 짚고 넓적한 얼굴을 내 코앞까지 들이밀더니 이렇게 물었다.

"어제 돌아오는 길에 배 안에서 한 얘기는 비밀로 해줘.

아직 아무한테도 말 안 했겠지?"

　목소리가 여성스러운 만큼 걱정도 많은 모양이다. 아무한테도 말하지 않은 건 맞지만, 이제 막 말하려고 손바닥에 1전 5리까지 준비해 온 터라 여기서 빨간 셔츠한테 입단속을 당하면 좀 곤란하다. 빨간 셔츠도 빨간 셔츠다. 고슴도치의 이름을 대지는 않았지만, 그 정도면 다 알아차릴 수 있게 수수께끼를 던져놓고, 이제 와 그 수수께끼를 풀지 말라니 교감으로서 너무 무책임하다. 원래라면 내가 고슴도치가 한판 벌일 때 당당히 나서서 내 편을 들어주어야 마땅하다. 나는 아직 아무한테도 말하지 않았지만, 이제부터 고슴도치와 담판을 지을 생각이라고 말하자 빨간 셔츠는 몹시 당황하며 엉뚱한 소리를 늘어놓았다.

　"자네, 무턱대고 그러면 곤란하지. 난 홋타 선생에 대해 딱히 뭐라고 한 적이 없으니까. 만약 자네가 여기서 소란이라도 일으킨다면 내가 뭐가 되겠나. 설마 학교에 소동을 일으키려고 온 건 아니겠지?"

　"당연하죠. 월급 받는 처지에 소동을 일으키면 학교도 곤란하지 않겠습니까?"

　내가 이렇게 대꾸하자 빨간 셔츠는 식은땀을 흘리며 당부했다.

　"그럼 어제 일은 참고로만 알고 입 밖에 내지 말아주게."

　그래서 나는 "좋습니다. 저도 곤란하긴 하지만, 교감 선생님이 이렇게까지 곤란하다 하시니 아무 소리도 안 하겠습니다" 하고 약속했다.

"자네, 정말이지?"

빨간 셔츠는 거듭 확인했다. 대체 어디까지 계집애처럼 굴 건지 속을 알 수 없었다. 문학사가 다들 저런 꼴이라면 너무나 실망스럽다. 앞뒤도 안 맞고 논리도 빈약한 요구를 하면서 태연하기까지 하다. 게다가 나를 자꾸 의심한다. 이래 봬도 나는 사내대장부다. 약속해놓고 뒤로 딴짓할 만큼 비열하진 않다.

그때 마침 내 옆자리 책상 주인들도 출근하자 빨간 셔츠는 서둘러 자기 자리로 돌아갔다. 빨간 셔츠는 걷는 꼴부터 거슬린다. 실내를 오갈 때도 발소리가 나지 않게 살며시 발을 내디뎠다. 조용히 걷는 걸 자랑하는 인간이 있다는 걸 이때 처음 알았다. 도둑 연습을 하는 것도 아니고, 그냥 자연스럽게 걸으면 될 텐데 말이다.

이윽고 수업 시작 나팔이 울렸다. 고슴도치는 끝내 나타나지 않았다. 할 수 없이 나는 1전 5리를 책상 위에 올려두고 수업하러 갔다.

1교시를 조금 늦게 끝내고 교무실로 돌아오니 선생들이 모두 책상에 기대어 이야기를 나누고 있었다. 고슴도치도 어느새 와 있었다. 결근인가 했더니 지각이었다. 내 얼굴을 보자마자 고슴도치가 말했다.

"오늘 자네 때문에 지각했으니, 벌금은 자네가 내."

나는 책상 위에 두었던 1전 5리를 집어 "이거 받아요. 전에 도오리초에서 먹은 빙수값이에요" 하며 고슴도치 앞에 놓았다. 그러자 고슴도치는 무슨 소리냐며 웃었지만, 내가 뜻밖에 진지하게 말하자 "쓸데없는 농담 그만하지" 하며 내 책상 위에다 돈을 도로 돌려주었다. 어라, 고슴도치 주제에 자기가 끝까지 사겠다는 거야, 뭐야.

"농담 아닙니다. 선생님한테 빙수를 얻어먹을 이유가 없으니까 주는 거예요. 받으세요."

"그렇게 1전 5리가 신경 쓰인다면 받기야 하겠지만, 왜 하필 지금 와 돌려주는 거지?"

"지금이든 언제든, 돌려줄 건 돌려줘야죠. 얻어먹는 게 싫으니까 돌려주는 거라고요."

고슴도치는 차갑게 내 얼굴을 보며 흥 하고 콧방귀를 뀌었다. 빨간 셔츠의 당부만 없었어도, 이 자리에서 고슴도치의 비열함을 까발리고 대판 싸움을 벌일 판인데, 입 밖에 내지 않겠다고 약속했으니 어쩔 수가 없다. 사람이 이렇게까지 열을 올리는데, 흥이라니.

"빙수값은 받겠지만, 하숙집은 나가게."

"1전 5리를 받았으면 됐지. 하숙집을 나가든 말든 그건 내 마음이죠."

"마음대로 안 될 텐데. 어제 하숙집 주인이 찾아와서 자네를 내보내야겠다고 하길래, 이유를 물어보니 주인 말도 일리가 있더군. 그래도 혹시나 해서 오늘 아침에 다시 들러 자세히 듣다 왔네."

고슴도치가 하는 말을 도통 알아들을 수가 없었다.

"주인이 뭐라 했는지 난 모르죠. 혼자서 멋대로 정해놓고. 이유가 있으면 그 이유부터 말하는 게 순서 아닙니까? 다짜고짜 주인 편만 들다니 정말 무례하네요."

"그래? 그럼 말해주지. 자네가 너무 막 나가서 하숙집에서 아주 골치가 아프다 하더군. 아무리 하숙집 안주인이라지만, 그렇다고 하녀는 아니잖나. 발을 닦으라고 내미는 건 좀 심하지 않아?"

"내가 언제 하숙집 안주인한테 발을 닦으라고 했다는 겁니까?"

"닦으라 했는지 어쨌는지는 모르지만, 아무튼 그쪽에서는 자네 때문에 곤란하다고 하더군. 10엔이니 15엔이니 하는 하숙비 정도야 그림 하나 팔면 금방 벌 수 있다면서 말이야."

"말이면 다인 줄 아나. 그럴 거면 왜 나를 들였대요?"

"왜 들였는지는 나도 모르지. 들이긴 들였지만 이제 지긋지긋하니까 나가달라는 거겠지. 그냥 조용히 나가게."

"나가요, 나가. 제발 있어달라고 사정해도 내가 있나 봐라. 애당초 몰상식하게 그딴 집을 왜 소개해요?"

"내가 몰상식하거나 자네가 유난스럽거나, 둘 중 하나겠지!"

고슴도치도 나 못지않게 한 성깔 해서 질세라 언성을 높였다. 선생들은 무슨 일인가 싶어서 턱을 쭉 빼고 우리 쪽을 쳐다봤다. 나는 딱히 부끄러울 것도 없어서 자리에서 일어나 교무실을 쭉 둘러보았다. 다들 놀란 표정을 짓고 있는데, 광대 놈만 재미있다는 듯 웃고 있었다. 내 커다란 눈이 너도 한판 붙어볼 테냐는 기세로 광대의 얼빠진 면상을 쏘아보자, 광대는 단박에 표정을 굳히고 잔뜩 몸을 사렸다. 조금 겁을 먹은 모양이다. 그때 나팔 소리가 울렸다. 고슴도치도 나도 싸움을 멈추고 수업하러 갔다.

오후에는 지난 밤 내게 무례를 저지른 기숙사생들의 처분에 관한 회의가 열린다고 했다. 회의라는 게 난생처음이라 어떻게 돌아가는지는 모르겠지만, 교직원들이 모여 저마다 멋대로 떠들어대면 교장이 적당히 정리하여 수습하는 식이지 않을까 싶다. 수습이라는 건 시시비비가 분명치 않은 사안에나 쓰는 말이다. 이번처럼 잘못이 분명한 사건을 두고 회의를 한다는 건 그냥 시간 때우기일 뿐이다. 누가 무슨 해석을 한다 한들 다른 의견이 나올 리가 없다. 이렇게 명백한 일은 교장이 바로 처분을 내리면 그만인데, 참으로 결단력이 없다. 교장이라는 자가 이래서야 우물쭈물하는 굼벵이나 다름없다.

회의실은 교장실 옆에 있는 길쭉한 방으로, 평소에는 식당으로 쓰이는 곳이었다. 검은 가죽으로 된 의자가 스무 개쯤 긴 테이블을 둘러싸고 있어서, 마치 간다에 있는 양식당 같았다. 그 테이블 끝에 교장이 앉고, 그 옆에 빨간 셔츠가 자리를 잡았다. 나머지는 각자 알아서 앉는 모양이고, 체육 선생은 겸손하게 맨 끝자리에 앉았다. 나는 어디가 좋을지 몰라 그냥 자연과학 선생과 한문 선생 사이에 끼어 앉았다. 맞은편을 보니 고슴도치가 광대가 나란히 앉아 있다. 광대는 아무리 봐도 못생겼다. 비록 싸운 사이라 해도 고슴도치가 훨씬 낫다. 아버지 장례식 때 고비나타의 요겐지 법당에 걸려 있던 족자 속 얼굴과 꼭 닮았다. 스님한테 물었더니 위타천*이라는 괴물이라고 했다. 오늘은 화가 난 모양인지 눈알을 빙글빙글 굴리면서 한 번씩 나를 흘겨보았다. 누가 그 정도로 겁먹을 줄 알고? 나도 질세라 눈을 부릅뜨고 고슴도치를 노려보았다. 내 눈이 생긴 건 별로지만 크기만큼은 누구에게도 뒤지지 않는다. "도련님은 눈이 크니까 배우 하면 잘 어울릴 거예요" 하고 기요가 자주 말했을 정도다.

"다들 모이셨겠지요?"

교장이 말하자 가와무라라는 이름의 서기가 "하나,

---

* 불교의 수호신 중 하나.

둘……" 하며 인원을 세기 시작했다. 한 사람이 부족했다. 끝물이 안 왔으니 그럴 수밖에. 나와 끝물은 대체 무슨 인연인지는 모르겠지만, 그 사람 얼굴을 본 후로 자꾸만 생각난다. 교무실에 가면 맨 먼저 끝물이 눈에 띄고, 길을 걷다가도 끝물의 모습이 떠올랐다. 온천에 가면 창백한 얼굴로 욕조 안에서 퉁퉁 불어 있는 끝물을 보기도 했다. 인사를 하면 "아, 네" 하고 머쓱해하며 머리를 숙이는 모습이 안쓰러웠다. 학교에서 끝물만큼 점잖은 사람도 없다. 잘 웃지도 않고, 쓸데없는 말을 보태지도 않았다. 나는 군자라는 말은 사전에나 있지, 실제로는 존재하지 않는다고 생각했는데, 끝물을 만나고 진짜 살아 있는 사람을 가리키는 말이라는 걸 깨닫게 되었다.

그래서 회의실에 들어서자마자 끝물이 없다는 걸 단박에 알아차렸다. 실은 그 사람 옆에 앉아야지, 하고 생각하던 참이었다. 교장은 "곧 오겠지요" 하며 자기 앞에 놓인 자주색 보자기를 풀어 인쇄물 같은 걸 펼쳐 읽었다. 빨간 셔츠는 호박 파이프를 비단 손수건으로 닦기 시작했다. 이 사람은 이게 취미다. 참으로 빨간 셔츠답다. 옆 선생과 잡담을 나누는 사람이 있는가 하면, 연필 끝에 달린 지우개로 테이블 위에 뭔가를 끄적거리고 있는 사람도 있었다. 광대는 이따금 고슴도치에게 말을 걸었지만, 고슴도치는 별 반응이 없었다. 건성으로 대답하며 때때로 나를 무섭게 노려보았다. 그럼 나도 똑같이 노려보았다.

그때 마침 기다리던 끝물이 멋쩍은 얼굴로 들어오며 "사정이 좀 있어서 늦었습니다" 하고 너구리에게 공손히 인사했다.

"그럼 회의를 시작하겠습니다."

교장은 일단 서기 가와무라에게 인쇄물을 나눠주게 했다. 보니까 첫 번째가 처분 건, 다음이 학생 규율 건, 그 밖에 두세 가지 항목이 더 있었다. 너구리는 평소처럼 거드름을 피우며, 교육계의 산증인이라도 되는 양 이런 말을 했다.

"교직원이나 학생들이 일으킨 과실은 모두 저의 부덕함 때문입니다. 하여 무슨 일이 생길 때마다 내게 과연 교장의 자격이 있는지 부끄러울 따름입니다. 불행히도 이번에 또다시 이런 소동이 일어난 것에 대해 여러분께 깊이 사과드리는 바입니다. 하지만 이미 엎어진 물이니 처분을 안 내릴 수가 없겠지요. 사실관계는 여러분이 아시는 그대로이니, 향후 대책에 관하여 기탄없이 의견을 말씀해주십시오."

나는 교장의 말을 듣고, 과연 교장이라는 인간은 참 잘도 거창하게 떠드는구나 싶어 감탄했다. 모두 자신의 부덕함 탓이라고 말할 거면, 차라리 학생을 처분하지 말고, 본인이 학교를 그만두면 될 일 아닌가. 그러면 굳이 귀찮게 회의를 열 필요도 없을 텐데. 상식적으로 봐도 뻔한 일이다. 난 얌전히 숙직을 섰고, 학생들이 난동을 부렸다. 잘못은 교장한테도 없고, 나한테도 없다. 당연히 학생들 잘못이다. 만약 고슴도치가 부추긴 거라면, 학생과 고슴도치만 처분하면 그만이다. 세상에 남의 엉덩이를 스스로 짊어지고는 내 엉덩이라며 떠벌리는 인간도 있나? 너구리나 되니까 그런 짓을 하지. 너구리는 이런 말도 안 되는 논리를 토해놓고는 뿌듯한 표정으로 모두를 둘러보았다. 그런데 아무도 입을 열지 않았다. 자연과학 선생은 교실 지붕 위에 앉은 까마귀를 쳐다봤다. 한문 선생은 받은 인쇄물을 접었다 폈다 했다. 고슴도치는 여전히 나를 노려보고 있었다. 회의라는 것이 이렇게 바보 같은 거라면 그냥 빠지고 낮잠이나 자는 편이 더 낫겠다.

하도 답답해서 한마디 떠들어볼 심산으로 내가 엉덩이를 들썩이며 일어서려는데, 빨간 셔츠가 입을 여는 바람에 그만두었다. 보니까 파이프를 집어넣고 줄무늬 비단 손수건으로 얼굴을 닦으며 운을 뗐다. 저 손수건은 분명 마돈나한테서 빼앗아 왔을 것이다. 남자라면 자고로 하얀 삼베 손수건을 써야 하는 법이다.

"저 역시 기숙생들이 소란을 피웠다는 소식을 듣고 교감으로서 매우 부끄럽게 생각하며, 아울러 제 덕망이 모자라 학생들을 제대로 바로잡지 못한 점을 깊이 뉘우치는 바입니다. 이런 일은 어떤 결함이 있을 때 발생하는 것으로, 사건 자체만 놓고 보면 학생들 잘못처럼 보이지만, 그 이면의 진상을 살펴보면 오히려 학교 쪽에 책임이 있을지도 모릅니다. 따라서 겉으로 드러난 모습만 보고 엄중한 제재를 가하는 것은 도리어 장래를 위해 좋지 않을 수도 있습니다. 더욱이 젊은 학생들은 혈기가 왕성하여, 선악을 가리지 못하고 반쯤 무의식적으로 이런 장난을 저지르는 경우도 없지 않아 있습니다. 물론 처분은 교장 선생님의 뜻에 달려 있으니 제가 나설 일은 아니지만, 부디 그 점을 참작하시어 되도록 관대한 처분을 내려주시기를 바라는 바입니다."

과연 너구리도 너구리지만, 빨간 셔츠도 빨간 셔츠다. 학생들이 날뛰는 게 다 선생 잘못이라고 공공연히 떠들어대고 있으니, 이건 뭐 미친놈이 사람 머리를 때리는 건 맞은 사람이 잘못해서라고 말하는 셈이다. 참으로 고마운 세상이다. 기운이 남아돌아서 힘들면 운동장에 나가 씨름이라도 할 것이지, 반쯤 무의식적으로 메뚜기를 이불 속에 넣는다는 게 말이나 되는가. 이런 논리라면 자고 있는 사람 목을 졸라놓고도 반쯤 무의식이었다며 넘어가겠군.

나는 뭐라도 한마디 해야겠다고 마음먹었지만, 이왕 할 거면 사람들을 깜짝 놀라게 할 만큼 야무지게 열변을 토해야 하는데, 나라는 인간은 성격상 화가 나면 고작 두어 마디 하고는 말문이 턱 막혀버린다. 너구리도 빨간 셔츠도 인물로 따지면 나보다 한참 아래지만 말재주는 제법이라서 어설프게 지껄였다가 꼬투리라도 잡히면 괜히 낭패다. 그래서 뭐라고 할지 속으로 궁리 중이었는데 앞에 앉은 광대가 벌떡 일어나길래 깜짝 놀랐다. 광대 주제에 의견을 내겠다니 진짜 건방진 놈이다. 광대는 평소처럼 히죽이는 투로 말했다.

"사실 이번 메뚜기 난동은 저희 뜻있는 교직원들로 하여금 학교의 장래에 대해 우려를 불러일으킬 만큼 이례적인 사건으로, 저희 교직원은 이번 기회에 자신을 깊이 성찰하고 학교 전체의 기강을 바로잡아야 할 것입니다. 따라서 방금 교장 선생님과 교감 선생님께서 하신 말씀은 실로 핵심을 찌르는 훌륭한 의견으로 저는 철두철미하게 찬성하는 바입니다. 부디 관대하게 처분해주시기를 청합니다."

광대의 말은 도무지 알맹이가 없다. 어려운 말만 줄줄이 꿰어놓았을 뿐 두서가 없다. 철두철미하게 찬성한다는 말만 알아들었다.

나는 광대가 무슨 소리를 하는지 도통 이해할 수 없는데도 괜히 화가 치밀어서 속으로 말을 미처 다 정리하기도 전에 벌떡 일어나고 말았다.

"저는 철두철미하게 반대합니다……."

일단 뱉어냈지만, 그다음 말이 도무지 생각나지 않았다.

"그런 엉뚱한 처분은 너무너무 싫습니다!"

결국 이렇게 덧붙이자 선생들이 와하하 웃음을 터뜨렸다.

"어쨌든 전부 학생들 잘못입니다. 반드시 잘못을 빌게 해야 합니다. 안 그러면 또 그럴 게 뻔합니다. 퇴학을 시켜도 상관없습니다. ……너무 무례하지 않습니까? 새로 부임한 교사라고 얕보는 거죠…….”

나는 여기까지 말하고 자리에 앉았다. 그러자 오른쪽에 앉아 있던 자연과학 선생이 “학생들이 잘못한 것도 잘못한 거지만, 너무 엄하게 벌을 주면 오히려 반발심이 생길 수 있습니다. 저 역시 교감 선생님 말씀처럼 관대한 처분에 찬성합니다.” 하고 약해빠진 소리를 했다.

왼쪽에 있던 한문 선생도 온건한 처분 쪽에 찬성한다고 말했다. 역사 선생도 같은 의견이라고 했다. 분통 터지게도 죄다 빨간 셔츠 편이었다. 이런 자들이 학교를 이끌어가다니 기가 막힐 노릇이다. 나는 학생들에게 사과를 받아내거나 학교를 그만두든가 둘 중 하나로 마음을 굳힌 터라 만약 빨간 셔츠가 이긴다면 곧장 집으로 돌아가 짐을 꾸릴 작정이었다. 어차피 이런 인간들을 말재주로 굴복시킬 재간도 없고, 설사 굴복시킨다 한들 더는 엮이고 싶지도 않다. 학교를 떠나면 더는 상관없는 일이다. 또 입을 열었다간 웃음거리가 될지도 몰라서 나는 입을 꾹 다물었다.

그때 지금까지 가만히 듣고 있던 고슴도치가 벌떡 일어섰다. ‘네놈도 빨간 셔츠 편을 들겠지? 어차피 너랑도 이판사판이다. 어디 맘대로 해보시지’ 하고 지켜보는데, 고슴도치가 창문이 울릴 만큼 쩌렁쩌렁한 목소리로 말했다.

“저는 교감 선생님을 비롯한 여러분의 의견에 전혀 동의

하지 않습니다. 왜냐하면 이번 사건은 어떤 관점에서 보더라도 오십 명의 기숙생들이 새로 부임한 모 선생님을 업신여기고 놀리려 했던 것으로밖에 보이지 않기 때문입니다. 교감 선생님은 그 원인을 교사의 인품 탓으로 돌리려 하시는 것 같은데, 감히 말씀드리건대 그건 실언이십니다. 모 선생님은 부임하자마자 숙직을 맡았고, 학생들을 맡은 지 아직 이십 일도 안 됐습니다. 이 짧은 시간 동안 학생들이 선생님의 학식이나 인품을 제대로 평가할 순 없습니다. 선생님이 경시당할 정당한 이유가 있었다면 학생들 행동에도 일말의 참작 여지는 있겠으나, 아무런 이유도 없이 새로 부임한 선생님을 욕보인 학생들을 관대하게 처분하는 것은 학교의 위신에 큰 타격이 될 것입니다. 교육 정신은 단순히 학문을 가르치는 것만이 아닙니다. 고상하고 정직한 무사적 기개를 북돋는 동시에 야비하고 경박하고 폭력적인 악습을 소탕하는 데 있다고 생각합니다. 만일 반발이 두렵다거나 소란이 커질까 봐 머뭇거린다면, 이런 악습이 도대체 언제 바로잡힐지 모릅니다. 이런 폐습을 근절하기 위해 우리가 교직에 몸담고 있는 것인데, 그걸 눈감고 넘어갈 바엔 애초에 교사가 되지 말았어야 합니다. 저는 이상의 이유로 기숙생 전원을 엄벌에 처하고, 해당 교사 앞에서 공개적으로 사과하도록 하는 것이 마땅하다고 생각합니다."

고슴도치는 이렇게 말한 뒤, 자리에 앉았다. 모두 아무 말도 하지 않았다. 빨간 셔츠는 또 파이프를 닦기 시작했다. 나는 몹시 통쾌했다. 내가 하고 싶었던 말을 고슴도치가 대신 시원하게 해준 셈이었다. 나는 이렇게 단순한 인간이라, 방금 전까지 싸웠던 기억은 싹 잊고 감사하다는 얼굴로 고슴도치 쪽을 바라봤다. 하지만 고슴도치는 전혀 모르는 체했다.

잠시 뒤, 고슴도치가 다시 일어섰다.

"빠뜨린 말씀이 있어 마저 드리겠습니다. 그날 밤 숙직을 맡는 해당 교사가 숙직 중 외출하여 온천에 다녀온 것 같은데, 이는 결코 있어서는 안 될 일이라고 생각합니다. 학교를 지켜야 할 사람이 이를 단속한 사람이 없는 것을 틈타 온천에 가 목욕을 하고 오다니, 이는 중대한 잘못입니다. 학생 문제는 별도로 하더라도, 이 사안은 교장 선생님께서 책임자에게 단단히 주의를 주셨으면 합니다."

이상한 사람이다. 나를 편 들어줄 땐 언제고 곧바로 내 잘못을 들춰내다니. 나는 별다른 생각 없이, 전임 숙직자가 외출하는 걸 보고 다 그런가 보다, 하고 온천에 간 것이다. 그런데 듣고 보니 고슴도치의 말이 맞다. 이건 내가 잘못했다. 공격을 받아도 할 말이 없다. 그래서 나는 다시 일어나 "저는 숙직 중에 온천에 다녀왔습니다. 이는 전적으로 제 잘못입니다. 죄송합니다" 하고 자리에 앉으니 다들 또 와하하 웃음이 터졌다. 내가 무슨 말만 하면 웃는다. 별것도 아닌 놈들이. 너희는 너희 잘못을 이렇게 당당히 고백할 수 있어? 못 하니까 웃는 거겠지.

그러자 교장이 말했다.

"이제 의견들이 거의 다 나온 것 같으니 충분히 숙고한 뒤에 처분하도록 하겠습니다."

이참에 결과를 미리 말해두자면, 기숙생들은 일주일 동안 외출 금지 처분을 받았다. 그리고 내 앞에 나와 사과까지 했다. 사과하지 않으면 나는 그 자리에서 사표를 내고 돌아갈 생각이었는데 괜히 내 뜻대로 일이 흘러가버리는 바람에 결국 사달이 나고야 말았다. 그건 나중에 차차 이야기하기로 하고, 교장은 이번에는 회의의 연장이라며 이런 말을 꺼냈다.

"학생의 품행은 교사가 본보기를 보여 바로잡아야 합니다. 그 첫걸음으로 교사 여러분께서는 가급적 음식점 출입을 삼가시길 바랍니다. 물론 송별회 같은 경우는 예외로 하겠으나, 홀로 품격 낮은 곳을 드나드는 건 피해주십시오. 가령 메밀국숫집이라든지 떡집이라든지……."

이 대목에서 또 모두가 웃었다. 광대가 고슴도치를 보며 튀김 하면서 눈짓을 했지만, 고슴도치는 듣는 척도 하지 않았다. 고것 참 쌤통이다.

나는 머리가 나빠서 너구리가 무슨 소리를 하는지 잘 모르겠지만, 메밀국숫집이나 떡집 좀 들락거린다고 선생 자격이 없다면, 나처럼 먹는 낙으로 사는 놈은 어쩌라는 말인가. 그렇다면 처음부터 메밀국수나 떡을 싫어하는 사람만 골라서 뽑을 것이지. 임명장 줄 때는 아무 말도 안 하더니 이제 와 메밀국수를 먹지 말라, 떡도 먹지 말라, 이런 금지령을 내리는 건 나처럼 먹는 것 말곤 딱히 취미랄 것도 없는 사람에겐 너무나 가혹하다. 그러자 빨간 셔츠가 또 끼어들었다.

"본디 중학교 교사는 사회의 상류층에 속하는 직책이라 단순히 물질적 쾌락만 좇아선 안 됩니다. 그런 쪽으로 빠지다 보면 결국 품성에 나쁜 영향을 끼치게 마련이지요. 하지만 사람인지라 아무런 오락거리가 없으면 좁은 시골에서는 도저히 지낼 수가 없습니다. 그러니 낚시를 하거나 문학책을 읽거나 또는 신체시나 하이쿠를 짓는 등 고상한 정신적 오락을 추구해야 합니다."

듣자 듣자 하니 멋대로 열변을 토하고 있다. 바다로 나가 비료를 낚고, 고루키가 러시아 문학자가 되고, 단골 기생이 소나무 아래에 서 있고, 오래된 연못에 개구리가 뛰어드는 게 정신적 오락이라면, 튀김 메밀국수나 경단을 먹는 것도 정신적 오락이다. 그런 시시한 오락을 하느니 빨간 셔츠 빨래나 하시지. 나는 뚜껑이 열려서 이렇게 따져 물었다.

"마돈나를 만나는 것도 정신적 오락입니까?"

그러자 이번에는 아무도 웃지 않았다. 다들 묘한 얼굴로 서로 눈길을 주고받았다. 빨간 셔츠는 괴로운지 고개를 떨겠다. 그것 봐라. 먹힐 줄 알았다. 다만 끝물이 조금 안쓰러웠다. 내가 이렇게 물었을 때, 그의 창백한 얼굴이 더욱 하얗게 질려버렸다.

7

 나는 그날 저녁 당장 하숙집에서 나오기로 했다. 집으로 돌아가 짐을 싸고 있는데, 안주인이 와 이렇게 말했다.
 "뭔가 불편하신 점이라도 있으셨어요? 혹시 기분 상하신 일이 있으면 말씀만 하세요. 고칠 테니까요."
 신싸 너이가 없었다. 세상에는 왜 이렇게 알 수 없는 인간들이 득시글댈까. 나가라는 건지, 있으라는 건지 도무지 알 수가 없다. 이건 뭐, 완전히 미치광이가 따로 없었다. 이런 인간과 싸웠다간 도쿄 사람의 명예가 훼손될 것 같아서 수레꾼을 불러 서둘러 나와버렸다. 일단 하숙집을 나오긴 했지만, 마땅히 갈 데가 없었다. 수레꾼이 "어디로 갈까요" 하고 묻길래 곧 알게 될 테니 잠자코 따라오기나 하라고 말하고는 성큼성큼 걸음을 옮겼다. 그냥 야마시로야나 갈까 했지만, 거기도 결국 다시 나와야 할 테니 괜히 번거로울 것 같았다. 이렇게 걷다 보면 하숙집 간판이 붙은 집이 눈에 띌지도 모른다. 그러면 그곳을 하늘이 정해준 내 숙소라고 생각하기로 했다. 그렇게 한적하고 살기 좋아 보이는 곳을 두리번거리며 걷다가 가지야초까지 가고 말았다. 여긴 무사 가문의 저택이 늘어선 곳이라 하숙집 같은 게 있을 리 없었다. 다시 번화가로 돌아갈까 하다가 좋은 생각이 났다. 내가 친애하는 끝물이 이 근처에 산다는 걸 떠올린 것이다. 끝물은 이 고장 토박이로 조상 대대로 내려오는 집을 가지고 있는 사람이라 이 주변 사정은 훤히 꿰고 있을 것이다. 그에게 물어보면 괜찮은 하숙집을 소개받을 수 있을지도 모른다. 다행히 인사를 한 번 온 적이 있어서 집을 찾아다니는 수고는 덜었다. 여기겠지, 대충 짐작하고는 "실례합니다, 계십니까!" 하고 외쳤더니 안에서 쉰 살쯤 돼 보이는 중년 여자가 고풍스러운 초롱불을 들고 나왔다. 나는 젊은 여자도 싫어하는 편은 아니지만, 이렇게 나이 든 여자를 보면 괜스레 정이 갔다. 기요를 좋아하는 마음이 나이 든 여자들에게 옮겨 다니는 모양이다. 이 사람은 아마도 끝물의 어머니일 것이다. 단정한 머리에 기품 있는 부인이었는데, 끝물을 꼭 닮았다. 들어오라 권하는 걸 잠깐 얼굴만 보고 갈 거라고 하자 끝물이 현관 앞으로 나왔다. 나는 끝물에게 사정을 설명하며 혹시 적당한 데를 아느냐고 물어보았다. 끝물은 "참 곤란하시겠네요" 하고는 잠시 생각에 잠기더니, "이 뒷골목에

하기노라는 노부부가 사는 집이 있는데요, 전에 방을 비워두느니 괜찮은 사람 있으면 방을 빌려주고 싶다고 하신 적이 있어요. 지금도 유효한지는 모르겠지만 같이 가서 한번 물어보죠"라며 친절하게도 직접 안내해주었다.

  그날 밤부터 나는 하기노 씨네 하숙인이 되었다. 어이없게도 내가 이카긴의 방을 빼자마자, 다음 날 광대가 뻔뻔한 얼굴로 내가 쓰던 방을 덜컥 차지해버렸다. 아무리 나라지만 이건 기가 막혔다. 세상은 온통 사기꾼 천지에 서로 속고 속이는 판인지도 모르겠다. 정말 넌덜머리가 났다.

  세상이 이 모양이라면 나도 세상 물정에 맞춰야 살아남을 것이다. 좀도둑 지갑을 털지 않으면 끼니조차 때울 수 없는 게 세상사라면, 이렇게 사는 것도 한 번쯤 생각해봐야 한다. 그렇다고 팔팔한 놈이 목을 매기에는 조상님께도 죄스럽고 남들 눈에도 보기 좋지 않다. 생각해보니 물리학교에서 수학 따위를 괜히 배웠다. 차라리 600엔을 밑천 삼아 우유 장사나 할걸. 그랬다면 기요도 내 곁을 떠나지 않아도 됐을 테고, 나도 멀리서 걱정 안 하고 살 수 있었을 텐데. 같이 지낼 때는 잘 몰랐는데, 이렇게 시골에 떨어져 살아보니 새삼 기요가 좋은 사람이라는 걸 느낀다. 그렇게 마음씨 고운 여자는 온 일본을 찾아 헤매도 없을 것이다. 기요는 내가 떠날 때 감기 기운이 조금 있었는데, 지금은 어떤지 모르겠다. 얼마 전 내가 보낸 편지를 받고 무척 좋아했을 텐데, 그러고 보니 아직 아무런 소식이 없다. 나는 이런 생각을 하며 이삼 일을 보냈다.

신경이 쓰인 나는 하숙집 할머니에게 도쿄에서 온 편지가 없느냐고 물어보곤 했는데, 그때마다 할머니는 "아직 아무것도 안 왔어요" 하며 안쓰러운 표정을 지었다. 이 집 부부는 무사 집안이라서 그런지 이카긴네와 달리 품위가 있었다. 밤마다 할아버지가 괴상한 소리로 노래를 부르는 건 좀 곤욕스러웠지만, 이카긴처럼 쓸데없이 차나 한잔 하자면서 수시로 들락거리지 않아서 한결 편했다. 할머니는 이따금 내 방에 와서 이런저런 이야기를 꺼냈다.

"왜 색시랑 안 왔어요? 같이 왔으면 좋았을 텐데."

"저한테 아내가 있을 것 같나요? 이래 봬도 아직 스물넷밖에 안 됐는데요."

"스물네 살이면 벌써 장가가고도 남았지. 누구네는 스무 살에 장가를 갔고, 누구네는 스물두 살에 벌써 자식이 둘이지요."

이런 사례를 여섯 번이나 들어가며 반박하는데, 두 손 두 발 다 들었다. 그래서 나도 시골 사투리를 흉내 내며 "그럼 저도 스물네 살에 장가 좀 들게 좋은 데 좀 알아봐줄랑가요?" 하고 농담 삼아 묻자 할머니가 순진하게 "정말요?" 하고 되물었다.

"그럼 정말이죠. 저 장가가고 싶어 죽겠어요."

"그러겠지요. 젊을 때는 다들 그래요."

이 말에는 진심으로 감복해서 나는 뭐라 대답을 못 했다.

"그런데 선생님은 이미 부인이 있잖아요. 난 눈치 하나는 기가 막히거든."

"허, 대단하신데요. 어떻게 아셨는데요?"

"어떻게냐니. 도쿄에서 온 편지가 있나 없나, 매일같이 목이 빠지게 기다리면서."

"정말 기가 막히시네요. 대단한 안목이세요."

"내 말이 맞지요?"

"음, 맞을지도 모르죠."

"하지만 요즘 처자들은 옛날하고 달라서 방심하면 안 돼요. 항상 조심해야지."

"그게 무슨, 제 아내가 도쿄에서 바람이라도 피운다는 말씀인가요?"

"아니, 선생님 색시가 그렇다는 게 아니라……."

"그럼 다행이고요. 그런데 뭘 조심해야 한다는 거죠?"

"선생님 색시는 그럴 일 없겠지만……."

"어디 짚이는 사람이라도 있단 말씀이세요?"

"이 근처에도 수두룩해요. 선생님, 도야마 씨네 아가씨를 알아요?"

"아뇨, 몰라요."

"아직 모르나 보네. 이 근방에서 가장 미인이지요. 하도 고와서 학교 선생들이 다들 '마돈나, 마돈나' 하고 부르는데. 혹시 못 들으셨나?"

"마돈나요? 난 또 기생 이름인가 했죠."

"아니에요, 선생님. 서양 말로 미인을 마돈나라 부른다던데요."

"그럴지도 모르죠. 놀랍네요."

"아마 미술 선생이 붙여준 이름일 텐데."

"광대가 붙여줬나 보네요."

"아니, 요시카와 선생이 지었다오."

"그 마돈나라는 사람, 좀 의뭉스러운 구석이 있나요?"

"좀 의뭉스럽긴 하지요."

"골 때리네요. 원래 별명이 붙은 여자치고 제대로 된 사람이 드물다더니. 그럴지도 모르겠어요."

"진짜 그렇다오. 요물이라느니, 요부라느니 왜 그런 무서운 여자들 있잖아요."

"마돈나도 그런 쪽인가 보네요."

"그 마돈나가 말이지요. 선생님을 여기로 소개한 고가 선생님 있잖아요, 그 댁으로 시집가기로 약속을 했어요."

"허, 참 묘하네요. 끝물 선생이 그렇게 여복이 있는 남자일 줄 몰랐어요. 사람은 겉모습만 보고는 모른다더니. 이거 조심해야겠는데요."

"그런데 작년에 그 집 아버님이 돌아가셔서⋯⋯. 그전까지만 해도 돈도 좀 있고, 은행 주식도 있어서 정말 잘 살았는데, 그러고 얼마 안 있어 형편이 어려워졌어요. 고가 선생이 너무 착해서 사기를 당했다지. 그러다 혼사가 미뤄지던 차에 교감 선생이 나타나 자기가 장가들고 싶다 했다나."

"빨간 셔츠가요? 쓰레기 같은 놈. 어쩐지 그 셔츠부터가 심상치 않더니만. 그래서요?"

"사람을 시켜서 떠봤더니, 도야마 씨도 고가 선생에 대한 의리가 있어 선뜻 대답을 못 하고, 일단은 생각 좀 해보겠다고 했다지요. 그런데 교감 선생이 수작을 부려 도야마 씨 집에 드나들기 시작하더니, 결국 그 아가씨를 꼬셨답디다. 교감 선생도 문제지만, 그 아가씨도 사람들이 안 좋게 얘기해요. 고가 선생한테 시집가기로 해놓고 이제 와 대학 나온 사람한테 가겠다니 이게 말이나 되우?"

"그럼요. 말이 안 되고 말고요."

"그래서 고가 선생이 안됐다고, 친구인 홋타 선생이 교감 선생한테 따지러 갔더니, 그 교감 선생이 뭐라고 한 줄 알아요? 약속된 혼사를 가로챌 생각은 없다, 파혼이 된다면 모를까, 지금으로선 그저 도야마 집안과 친분을 쌓을 뿐이다, 도야마 집안과 가까이 지내는 게 딱히 고가 선생한테 미안할 일도 아니지 않느냐고 했다지요. 그래서 홋타 선생도 별수 없이 물러났다 하더라고. 그 뒤로 교감 선생이랑 홋타 선생이 영 사이가 안 좋다 그럽디다."

"별 걸 다 아시네요. 어떻게 그렇게 속속들이 알고 계세요? 감탄했습니다."

"동네가 워낙 좁다 보니 뭐든 훤히 보이지요."

정말 너무 잘 알아서 탈이다. 이런 식이라면 내가 튀김 메밀국숫집과 떡집에 들락거린 것까지 알고 있을지도 모른다. 골치 아픈 동네다. 그래도 덕분에 마돈나 얘기도 알게 됐고, 고슴도치와 빨간 셔츠 사이가 틀어진 이유도 알게 되어 아주 유익했다. 하지만 한 가지 애매한 게, 도대체 누가 더 나쁜 놈인지가 헷갈렸다. 나처럼 단순한 사람은 흑인지 백인지 명확히 갈라주어야 어느 편을 들지 알 수 있다.

"빨간 셔츠와 고슴도치, 둘 중에 누가 좋은 사람인가요?"

"고슴도치가 뭔데요?"

"홋타 선생이요."

"힘이야 홋타 선생 쪽이 더 세겠지만, 그래도 교감 선생은 대학을 나왔으니 그만큼 벌이도 좋겠지요. 상냥하기론 교감 선생이 더 상냥하지만, 학생들 평판은 홋타 선생 쪽이 더 좋다 하고……."

"그래서 결국 누가 더 좋다는 건데요?"

"결국 월급 많은 사람이 더 좋겠지요."

더는 물어보나 마나겠다 싶어서 그만두었다. 그로부터 이삼일이 지나 학교에서 돌아오니 할머니가 싱글벙글하며 방으로 들어와 "아휴, 기다리느라 욕봤지요. 드디어 왔네요"

하면서 편지 한 통을 내밀고는 "천천히 봐요" 하고는 나갔다. 기요가 보낸 편지였다. 경유 딱지가 여러 장 붙어 있길래 살펴보니 야마시로야를 거쳐 이카긴 하숙집으로, 다시 이카긴에서 지금 묵는 하숙집으로 돌고 돌아온 것이었다. 게다가 야마시로야에서 일주일이나 묶여 있었던 모양이다. 여관이니 편지까지 묵어가게 한 걸까. 열어보니 꽤 길었다.

도련님 편지를 받고 바로 답장을 쓰려 했지만 하필 감기에 걸려서 일주일쯤 앓는 바람에 늦어졌네요. 미안합니다. 더구나 요즘 아가씨들처럼 글이 유려하지 못해서 이렇게 서툰 문장을 쓰는 데도 얼마나 힘들었는지 몰라요. 조카에게 대필을 부탁할까도 했지만 도련님한테 보내는 편지인데 내가 직접 써야 할 것 같아서 일부러 미리 연습 삼아 한 번 써보고 그다음에 깨끗하게 다시 옮겨 썼어요. 옮겨 쓰는 데는 이틀밖에 안 걸렸는데 밑글을 쓰는 데는 나흘이나 걸렸어요. 읽기 힘들지도 모르지만 정성껏 쓴 편지니 부디 끝까지 읽어주세요.

이런 내용으로 시작해서 1미터가 넘는 편지지에 빼곡하게 글자들이 쓰여 있었다. 읽기가 몹시 힘들었다. 글씨도 삐뚤빼뚤하고 쉼표도 없어서 읽는 데 애를 먹었다. 나는 성질이 급해서 이렇게 길고 읽기 힘든 편지라면 5엔을 줄 테니 대신 읽어달라고 해도 거절할 판인데, 이번만큼은 처음부터 끝까지 꼼꼼히 읽어 내려갔다. 읽긴 했지만 내용 파악이 잘 안 돼서 처음부터 다시 읽어야 했다. 방 안이 조금 어두워져서 더는 보기 힘들어 마루로 나가 앉아서 차분히 다시 읽었다. 초가을 바람이 파초 잎을 흔들고 내 살갗에 와닿더니, 읽던 편지까지 정원 쪽으로 날려버릴 듯 흔들어댔다. 이대로 놓치면 울타리까지 날아가버릴 것 같았다. 그런데도 나는 개의치 않았다.

도련님은 성격이 시원시원해서 좋긴 한데 어떨 땐 불같이 욱해서 그게 늘 걱정이에요. 사람들에게 함부로 별명 같은 건 붙이지 마세요. 괜히 원망을 살지도 모르니까요. 그래도 꼭 붙여야겠다면 나한테만 편지로 알려주세요. 시골 사람들은 심술궂다고 하니까 조심 또 조심하도록 하세요. 기후도 도쿄보다 좋지 않을 테니 밤에 찬기 맞고 감기 들지 않게 조심하세요. 도련님 편지가 너무 짧아서 어떻게 지내는지 잘 모르겠어요. 다음부턴 이 편지의 반만큼은 길게 써주세요. 여관에 팁으로 5엔을 준 건 괜찮지만 나중에 곤란하지 않겠어요? 시골에서 의지할 건 돈밖에 없으니 되도록 아껴 쓰세요. 만약을 대비해서요. 생활비가 모자랄지도 모르니 10엔을 부쳤어요. 전에 도련님이 준 50엔은 도련님이 도쿄로 돌아와 집을 마련할 때 보태라고 우체국에 맡겨뒀어요. 이번 10엔을 제하더라도 아직 40엔이 남아 있으니 괜찮아요.

역시 여자란 참으로 세심하다.

마루 끝에 앉아 기요의 편지를 보며 골똘히 생각에 잠겨 있는데, 하기노 할머니가 칸막이 미닫이를 열고 저녁상을 들고 들어왔다.

"아직도 읽고 있나? 참말로 긴 편지네요."

"네, 소중한 편지라 바람 좀 쐬어주면서 읽고 있어요."

나조차도 영문을 알 수 없는 대답을 하고는 밥상 앞에 앉았다. 오늘 저녁도 감자조림이다. 이 집은 이카긴네보다야 훨씬 정중하고 친절하며 품위도 있지만, 아쉽게도 음식이 영 맛이 없다. 어제도 감자, 그제도 감자, 오늘도 또 감자다. 내가 감자를 좋아한다고 말한 건 사실이지만, 이렇게 줄기차게 감자만 먹어서는 제 명에 못 살지 싶다. 끝물 선생을 비웃을 처지가 아니다. 이러다간 나도 곧 끝물 선생처럼 되고 말 것이다. 기요 같았으면 이럴 때 내가 좋아하는 참치회나 구운 어묵이라도 내줬을 텐데, 몰락한 가난뱅이 무사 집안에 구두쇠니 어쩔 수 없다. 아무래도 기요 없이는 도저히 못 살겠다. 혹시라도 이 학교에 오래 머물 것 같으면, 이리로 불러와야겠다. 튀김 메밀국수도 먹지 말라, 떡도 먹지 말라, 이대로 하숙집에서 감자만 먹다가는 누렇게 뜨게 생겼다. 교육자는 정말 고되다. 스님도 이보단 잘 먹을 것이다. 나는 접시에 담긴 감자를 비우고, 책상 서랍에서 날달걀 두 알을 꺼내, 밥그릇 가장자리에 톡톡 깨뜨려 겨우 끼니를 때

왔다. 날달걀로라도 영양 보충을 하지 않으면 일주일에 스물한 시간이나 되는 수업을 감당할 자신이 없었다.

  오늘은 기요의 편지를 읽느라 온천에 가는 시간이 늦어졌다. 매일 가던 걸 하루라도 거르면 찝찝하다. 기차를 타려고 예의 그 빨간 수건을 달랑거리며 역까지 갔는데 기차가 이삼 분 전에 떠나버려서 조금 기다려야 했다. 의자에 걸터앉아 담배를 피워 물었는데 우연히 끝물과 마주쳤다. 아까 그런 이야기를 들은 터라 끝물이 더욱 안쓰럽게 보였다. 평소에도 어딘가 눈치 보며 조심조심 사는 모습이 측은했는데, 오늘은 안쓰러운 정도가 아니다. 할 수만 있다면 월급을 갑절로 올려주고, 도야마 집안 아가씨와 내일이라도 당장 혼인시켜서 도쿄로 한 달쯤 신혼여행을 보내주고 싶은 마음이 굴뚝같았다. 그래서 "온천 가십니까? 여기 앉으시죠" 하며 자리까지 내주었지만, 끝물은 어쩔 줄 몰라 하며 공손하게 "아닙니다, 괜찮습니다. 그냥 서 있을게요"라고 대답했다. 나는 기차가 오려면 아직 시간이 좀 남았으니 앉아서 기다리라고 재차 권했다. 실은 어떻게든 곁에 앉히고 싶을 만큼 불쌍해서 견딜 수 없었다. 결국 끝물은 "그럼 실례지만, 좀 앉겠습니다" 하며 내 말을 따랐다. 세상에는 광대처럼 주제넘게 오지랖을 부리는 놈도 있고, 고슴도치처럼 자기가 없으면 세상이 안 돌아간다는 식으로 어깨에 힘을 빡 주고 다니는 놈도 있다. 그런가 하면, 빨간 셔츠처럼 과하게 치장하고는 스스로 멋있는 척하는 인간도 있고, 마치 교육의 산증인인 양 굴면서 프록코트를 걸친 채 잘난 척하는 너구리 같은 인간도 있다. 다들 잘난 척하기 바쁜데, 끝물처럼 아무런 존재감 없이, 마치 인질로 잡혀 온 인형처럼 얌전히 있는 사람은 처음 본다. 얼굴은 좀 부었지만 이렇게 좋은 남자를 버리고 빨간 셔츠 같은 놈한테 홀랑 넘어가다니, 마돈나도 어지간히 제정신이 아닌가 보다. 빨간 셔츠 같은 놈들을 떼로 갖다 놔봐라, 이렇게 멋진 신랑감이 어디 있는지.

"선생님, 어디 아픈 데라도 있으세요? 엄청 힘들어 보이는데……."

"아뇨, 딱히 아픈 데는 없습니다."

"다행이네요. 몸이 자산이라고 하잖아요."

"선생님은 아주 건강해 보이시네요."

"예, 좀 마르긴 했어도 병치레는 안 합니다. 아픈 건 질색이라서요."

끝물은 내 말을 듣고 씩 웃었다.

그런데 입구 쪽에서 젊은 여자의 웃음소리가 들려와 무심코 돌아보니 엄청난 사람이 있었다. 하얀 피부에 세련된 머리를 한, 키 큰 미인이 마흔대여섯 살쯤 되어 보이는 부인과 나란히 매표소 앞에 서 있었다. 나는 미인의 외모를 어쩌고저쩌고 묘사할 재주는 없는 남자지만, 누가 봐도 굉장한 미인임은 틀림없었다. 수정을 향수로 데워 손바닥에 쥐어본

듯한 기분이랄까. 나이가 든 쪽은 키가 작았다. 하지만 얼굴 생김새가 비슷한 걸 보아 분명 모녀지간일 것이다. 나는 감탄한 나머지 끝물의 존재도 잊고 젊은 여자 쪽만 보고 있었다. 그때 내 옆에 있던 끝물이 벌떡 일어나서는 여자 쪽으로 성큼성큼 걷기 시작해 적잖이 놀랐다. 이 여자가 마돈나인가 싶었다. 세 사람은 매표소 앞에서 가볍게 인사를 나누었다. 멀어서 무슨 얘기를 하는지는 들리지 않았다.

역사의 시계를 보니 이제 오 분 뒤면 기차가 도착한다. 이야기를 나눌 상대도 없고 기차나 얼른 오면 좋겠다고 생각하며 지루하게 기다리고 있는데, 또 한 사람이 헐레벌떡 역사 안으로 뛰어 들어왔다. 빨간 셔츠였다. 하늘하늘한 기모노에 비단 띠를 느슨하게 둘러매고는 예의 그 금목걸이를 달랑달랑 늘어뜨리고 있었다. 저 금목걸이는 가짜다. 빨간 셔츠는 아무도 모를 줄 알고 뽐내는 눈치지만, 나는 진작에 알아차렸다. 빨간 셔츠는 뛰어 들어오자마자 두리번거리더니 매표소 앞에서 이야기를 나누고 있던 세 사람에게 정중히 인사했다. 그리고 두어 마디 말을 건네는 듯하더니, 이내 내 쪽으로 돌아서서는 고양이처럼 느릿느릿 다가오며 말했다.

"선생도 온천에 가는 길인가? 난 기차 놓칠까 봐 서둘러 왔는데 아직 삼사 분이나 남았네. 저 시계 정확한가?"

그러고는 주머니에서 금장 시계를 꺼내 들여다보며 이 분

정도 느리다며 중얼거리더니 내 옆에 털썩 앉았다. 여자 쪽은 전혀 돌아보지도 않고 지팡이에 턱을 괸 채로 정면만 바라보고 있다. 나이 든 여인은 이따금 빨간 셔츠를 흘끗거리지만, 젊은 여인은 여전히 고개를 돌린 채다. 아무래도 저 여자가 마돈나임이 틀림없다.

이윽고 삐, 하고 기적이 울리더니 기차가 들어섰다. 기다리던 사람들이 우르르 앞다투어 열차에 올라탔다. 빨간 셔츠가 가장 먼저 일등칸으로 들어갔다. 일등칸에 탄다고 대단할 건 없다. 스미타까지 일등칸은 5전, 삼등칸은 3전이니까, 겨우 2전 차이로 상하가 갈린다. 나 같은 놈조차 일등칸 표를 쥐고 있으니 알 만하지 않은가. 그런데도 시골 사람들은 구두쇠라 고작 2전 차이에도 대부분 삼등칸을 탄다. 빨간 셔츠의 뒤를 이어 마돈나와 마돈나의 어머니가 일등칸에 올랐다. 끝물은 늘 그렇듯 삼등칸에 탔다. 삼등칸 객실 입구에 서서 뭔가 주저하는 듯했지만, 내 얼굴을 보더니 얼른 기차에 탔다. 그 순간 나는 너무 안쓰러운 마음에 끝물을 따라 삼등칸으로 올라탔다. 일등칸 표를 들고 삼등칸에 타는 게 뭐가 문제겠는가.

온천에 도착한 뒤 3층에서 유카타 차림으로 욕탕으로 내려갔을 때 또 끝물과 마주쳤다. 나는 회의 같은 데선 말문이 막히곤 하지만, 평소엔 꽤 말이 많은 편이어서 욕탕 안에서 끝물에게 이런저런 말을 건네보았다. 괜히 끝물이 안됐어서 견딜 수가 없었다. 이럴 때 한마디 위로의 말이라도 해주는 게 도쿄 토박이의 의무지 싶었다. 그런데 정작 끝물은 내 말에 제대로 호응해주질 않았다. 무슨 말을 해도 아, 예, 같은 대답뿐이었는데, 그마저도 성가셔하는 눈치여서 결국엔 내가 먼저 일어섰다.

탕 안에서는 빨간 셔츠를 보지 못했다. 탕이 워낙 많으니 같은 기차를 타고 왔다 해도 같은 탕에서 마주친다는 보장은 없다. 딱히 이상하게 여기지는 않았다. 목욕을 마치고 나오니 달이 참 좋았다. 길 양쪽에 서 있는 버드나무의 가지들이 길 한가운데에 둥그스름한 그림자를 드리우고 있었다. 산책이라도 할까 싶어 북쪽으로 올라가 변두리로 나서자, 왼편에 커다란 문이 보였다. 그 문을 지나 정면에 절이 있고 그 양옆으로는 유곽이 줄지어 있었다. 절 입구에 유곽이 들어서 있다니 듣도 보도 못한 풍경이었다. 슬쩍 들어가보고 싶었지만, 또 너구리한테 걸려서 회의 때 책잡힐지도 몰라 그냥 지나쳤다. 문 옆에는 검은 포럼이 드리워진 작은 격자창의 단층집이 있었는데, 전에 내가 경단을 먹다 망신을 당했던 곳이다. 팥죽이니 떡국이니 적힌 둥근 초롱이 걸려 있고, 그 초롱 불빛이 처마 끝자락쯤에 서 있는 버드나무의 가지를 밝히고 있었다. 먹고 싶다는 생각이 들었지만 꾹 참고 그냥 지나쳤다.

먹고 싶은 경단도 마음대로 못 먹다니 서러웠다. 하지

만 약혼녀가 다른 남자에게 마음을 준 건 훨씬 더 비참한 일이다. 끝물을 생각하면 경단은 고사하고 사흘쯤 곡기를 끊어도 불평할 수가 없다. 정말 사람처럼 믿을 수 없는 것도 없다. 얼굴로 봐선 그렇게 매정한 짓을 할 것 같지 않은데……. 아름다운 사람은 매정하고, 물에 팅팅 불어터진 호박 같은 고가 선생은 성인군자니, 정말 사람 속은 알 수가 없다. 담백할 줄 알았던 고슴도치가 학생들을 선동했다고 하고, 그래서 그런 줄 알았더니 갑자기 교장에게 학생을 처벌하라고 하고, 비위에 거슬리는 빨간 셔츠가 의외로 나한테 친절하게 조심하라고 일러주는가 싶더니 마돈나를 꼬시고, 꼬셨나 했더니 고가 선생 쪽에서 파혼하지 않으면 결혼은 바라지도 않는다고 하고, 이카긴이 트집을 잡아 나를 내쫓자 광대가 그 방으로 홀랑 들어가버리고……, 아무리 생각해도 믿을 수가 없다. 이런 일들을 기요에게 편지로 쓴다면 아마 깜짝 놀랄 것이다. 하코네 산 너머라 괴물들이 모여 사는 것 아니냐고 할지도 모른다.

나는 원래 자질구레한 일들에 신경을 쓰지 않는 성격이라 웬만한 일은 대수롭지 않게 넘기며 지금까지 잘 버텨왔다. 그런데 여기 온 지 고작 한 달이 됐을까 말까 한데, 세상이 너무 번잡스럽게 느껴지기 시작했다. 딱히 큰일을 겪지도 않았지만 오륙 년은 더 늙어버린 기분이었다. 이런저런 생각이 꼬리를 물다 보니 어느새 돌다리를 건너 노제리 강둑에 다다랐다. 강이라고 해봤자 고작 2미터 남짓한 얕은 시냇물이다. 둑을 따라 1킬로미터쯤 내려가면 아이오이무라라는 마을이 나오는데 그 마을에 관음상이 있었다.

온천 거리를 뒤돌아보니 달빛 속에서 빨간 등이 반짝였다. 북소리가 울리는 걸로 보아 유곽이 틀림없다. 강물은 얕지만 물살이 빨라서 괜히 물줄기가 신경질적으로 번쩍여 보였다. 둑 위를 터벅터벅 걸으며 300미터쯤 왔을까. 저 앞에 사람 그림자가 눈에 들어왔다. 달빛에 비친 그림자는 두 개였다. 온천에 갔다가 마을로 돌아가는 젊은이들일지도 모르겠다. 그렇다고 하기엔 노래를 흥얼거리지 않았다. 너무 조용하다.

계속 걷다 보니 내가 더 발걸음이 빠른지, 두 사람의 그림자가 점점 가까워졌다. 한 사람은 여자인 듯했다. 거리가 20미터쯤 좁혀졌을 때 내 발소리를 들었는지 남자가 문득 뒤를 돌아봤다. 달빛이 등 뒤에서 비치고 있었는데, 남자의 얼굴을 본 나는 순간 멈칫했다. 남자와 여자는 다시 아무렇지 않게 걸음을 옮겼다. 나는 마음에 걸리는 게 있어 전속력으로 달려갔다. 두 사람은 전혀 눈치채지 못하고 천천히 걷고 있었다. 이제는 말소리까지 또렷이 들렸다. 둑의 폭은 2미터 남짓, 세 사람이 겨우 걸을 수 있는 정도였다. 나는 별 어려움 없이 뒤에서 따라붙었다. 남자의 소매를 스치듯 지나가 두 걸음 앞선 뒤 뒤꿈치를 홱 돌려 남자의 얼굴을 들여다봤다. 달빛이 짧게 깎은 내 머리부터 턱 언저리까지 정면으로 가차 없이 내리비추었다. 남자는 "앗" 하고 외마디 소리 내더니 황급히 고개를 돌리며 이제 돌아가자며 여자를 재촉해 온천 거리 쪽으로 발길을 돌렸다. 빨간 셔츠는 뻔뻔하게 잡아떼려는 건지, 겁을 먹어서 모른 체한 건지는 모르겠지만, 곤란한 처지는 나뿐만이 아니었던 듯하다.

8

 빨간 셔츠의 권유로 낚시를 다녀온 뒤로 나는 고슴도치를 의심하기 시작했다. 고슴도치가 괜한 일을 꼬투리 잡아 나더러 하숙집을 나가라고 했을 때는 뭐 이런 막돼먹은 놈이 있나 싶었다. 그런데 회의에서 뜻밖에 당당히 학생 엄벌론을 펼치는 통에 어라, 이상하다며 고개를 갸웃했다. 하기노 할머니한테서 고슴도치가 끝물을 위해 빨간 셔츠와 담판을 벌였다고 들었을 때는 감탄하며 손뼉을 쳤다. 이런 정황으로 보면, 나쁜 놈은 고슴도치가 아니라 빨간 셔츠일 것이다. 빨간 셔츠가 아주 교묘하게 내 머릿속에다 괜한 오해를 집어넣은 게 아닌가 싶던 참에 노제리 강둑에서 마돈나와 산책하는 빨간 셔츠의 모습을 보고 말았다. 그 광경을 본 후로 나는 빨간 셔츠가 수상쩍은 놈이라고 결론지었다. 설사 수상쩍은 놈이 아닐지라도 어쨌거나 좋은 인간은 아니다.

겉과 속이 다른 인간이다. 인간이란 자고로 대나무처럼 올곧아야 믿음직스러운 법이다. 올곧은 사람과는 설령 싸우게 되더라도 기분이 좋다. 빨간 셔츠처럼 상냥하고, 친절하고, 고상한 척하면서 호박 파이프나 뽐내는 사람은 절대 방심해선 안 된다. 아무리 싸운들 스모 경기처럼 시원하게 붙을 수도 없을 것 같다. 그렇다면 1전 5리 문제로 교무실을 들썩이게 했던 고슴도치 쪽이 훨씬 인간답다. 회의 때 금붕어 같은 눈을 부릅뜨고 나를 노려봤을 땐 정말 얄미웠지만, 나중에 생각해보니, 그것도 빨간 셔츠의 간드러진 목소리보다는 백배 천배 낫다. 사실 그 회의가 끝난 후에 화해를 해볼까 싶어 말을 걸어보긴 했는데, 고슴도치는 대꾸도 안 하고 여전히 눈을 부라리길래 나도 기분이 상해서 그냥 관뒀다.

그때부터 고슴도치는 나와 말을 섞지 않았다. 내가 돌려준 1전 5리는 아직도 책상 위에 놓여 있다. 먼지가 수북이 쌓인 채로. 나는 당연히 손을 댈 수 없고, 고슴도치도 결코 가져갈 생각이 없는 듯했다. 이 1전 5리가 우리 둘 사이를 가로막는 벽이 되어, 고슴도치에게 말을 걸고 싶어도 걸 수가 없었다. 고슴도치는 굳게 침묵을 지켰다. 나와 고슴도치에게는 그 1전 5리가 화근이었다. 이제는 학교에 가서 그 1전 5리를 보는 게 괴로워질 지경이었다.

고슴도치와는 완전히 절교한 반면, 빨간 셔츠와는 여전히 기존의 관계를 유지했다. 노제리 강둑에서 마주친 바로 다음 날에는 학교에 갔더니 맨 먼저 내 곁으로 다가와선 "이번 하숙집은 어떤가?"라는 둥 "또 같이 러시아 문학을 낚으러 가지 않겠나?"라는 둥, 내게 이런저런 말을 붙였다. 나는 좀 얄미워서 "어젯밤에는 두 번이나 마주쳤죠"라고 툭 던졌더니, "아, 응, 기차역에서 말이지……. 자네는 항상 그 시간에 외출하나? 너무 늦지 않아?" 하고 대답했다. 그래서 "노제리 강둑에서도 뵀는데요" 하고 또 툭 날리자 "아니, 거긴 안 갔네. 온천 갔다가 집으로 바로 돌아왔어"라며 딱 잡아뗐다. 대체 뭘 그렇게 감추겠다고 저럴까, 분명히 마주쳤는데. 참으로 거짓말에 능한 인간이다. 이런 인간이 중학교 교감이라면, 나는 대학 총장도 해먹겠다. 이때부터 나는 빨간 셔츠를 전혀 믿지 않게 되었다. 믿을 수 없는 빨간 셔츠와는 말을 섞으면서, 정작 감탄할 만한 고슴도치와는 한마디도 나누지 않다니 세상이란 정말 묘한 곳이다.

어느 날, 빨간 셔츠가 "할 말이 좀 있는데 우리 집까지 와 줄 수 있겠나"라고 해서 내키진 않았지만 온천을 포기하고 4시쯤 그의 집으로 갔다. 빨간 셔츠는 혼자 살지만, 교감답게 하숙집은 진작에 나와 근사한 현관이 있는 집에서 지내고 있었다. 집세가 9엔 50전이라고 했다. 시골에선 9엔 50전만 내면 이런 집에서 살 수 있다니, 나도 한번 큰맘 먹고 도쿄에 있는 기요를 불러와서 기쁘게 해주고 싶을 만큼 근사한 집이었다. 밖에서 부르자 빨간 셔츠의 동생이 나왔다. 이 동생이란 녀석은 학교에서 나한테 수학을 배우고 있는데, 수준이 아주 형편없다. 타지에서 전학 온 놈인데 여기 토박이 녀석들보다 더 밉상이다.

빨간 셔츠를 만나 무슨 일로 불렀냐고 묻자, 예의 그 호박 파이프로 매캐한 담배 연기를 피우며 이렇게 말했다.

"자네가 오고 나서부터 학생들 성적이 훨씬 좋아졌다고 교장 선생님이 무척 기뻐하시네. 학교에서도 자네를 신임하고 있으니, 앞으로 더 힘써주게."

"흠, 그렇습니까? 지금보다 더 힘쓰진 못할 것 같은데요."

"지금처럼만 하면 충분하네. 다만 전에 말한 거 말이야, 그걸 잊지만 않으면 돼."

"하숙집 소개해주는 사람은 위험하다는 그 말씀 말입니까?"

"그렇게 노골적으로 말하면, 의미가 좀 이상해지지만……, 뭐 괜찮아……. 내 뜻은 자네에게 충분히 통했으리라 믿으니까. 아무튼 자네가 지금처럼 성실하게 일해준다면 학교에서도 다 지켜보고 있으니, 처우 면에서도 더 좋아지지 않을까 싶은데."

"아, 월급 말씀이신가요? 월급 같은 건 딱히 상관없지만, 오르면 오를수록 좋긴 하겠네요."

"마침 이번에 전근자가 한 명 생겼거든……. 물론 교장 선생님하고 의논해봐야 해서 확실한 건 아니지만……. 그 사람 봉급에서 약간 조정할 수 있을지도 모르니, 그걸로 형편을 맞춰보자고 교장 선생님께 얘기해볼 생각인데 말이야."

"고맙습니다. 그런데 누가 전근을 가는데요?"

"곧 발표될 일이니까 말해도 괜찮겠지. 실은 고가 선생이네."

"고가 선생은 여기가 고향 아니었나요?"

"그렇긴 한데, 사정이 좀 있어서……. 절반은 본인의 희망이기도 하고."

"어디로 가는데요?"

"휴가의 노베오카. ……지역이 지역이다 보니 월급도 한 호봉 더 오르게 되었고."

"그럼 다른 사람이 오나요?"

"거의 정해졌네. 덕분에 자네 처우도 조정할 수 있게 된 거고."

"아, 그렇군요. 근데 억지로 올리실 건 없습니다."

"아무튼 난 교장 선생님께 그렇게 말씀드릴 생각이야. 교장 선생님도 같은 생각이신 듯하지만, 장차 더 중요한 일을 맡을 가능성도 있으니, 미리 각오를 좀 해두었으면 해."

"지금보다 근무 시간이 더 늘어납니까?"

"아니, 시간은 지금보다 줄지도 몰라……."

"시간은 줄고, 중요한 일을 맡는다니, 좀 이상하네요."

"좀 이상하게 들릴 수도 있겠지만, ……지금은 분명하게 말하기가 좀 어려워……. 그러니까 내 말뜻은 자네한테 더 중대한 책임을 맡기게 될지도 모른다는 의미야."

도대체 무슨 말인지 알아들을 수가 없었다. 지금보다 더 중대한 책임이라면 수학 주임일 텐데, 주임은 고슴도치다. 하지만 그리 호락호락하게 자리를 내어줄 것 같진 않은데. 게다가 학생들에게 인기도 많으니 전근이나 해임은 학교 측에도 득이 될 게 없다. 빨간 셔츠는 항상 알아들을 수 없는 소리만 한다. 알아듣진 못했지만 할 말은 이로써 끝이 났다. 이후 잠깐 잡담을 나누었는데, 끝물의 송별회를 열자는 둥, 나한테 술은 좀 마시냐는 둥, 끝물은 군자이고 참으로 존경스러운 사람이라는 둥……, 빨간 셔츠는 별별 말을 다 늘어놓았다. 그러다 마침내 화제를 바꿔 "그나저나, 하이쿠* 좀 하나?"라고 묻기에 뭔가 얘기가 길어질 것 같아서 "하이쿠는 안 합니다. 그럼 이만 가보겠습니다" 하고는 서둘러 나와버렸다. 하이쿠는 바쇼**나 이발소 주인이 짓는 거다. 수학 선생이 '나팔꽃에 두레박 빼앗겨…….'*** 따위 읊어서 뭐 하겠는가.

집으로 돌아와 나는 한참을 생각했다. 세상엔 정말 이해할

---

* 5·7·5의 17음절로 구성된 일본의 전통 정형시. 계절감을 드러내는 말이 들어가야 한다.
** 마쓰오 바쇼(1644~1694). 에도 시대의 대표적 하이쿠 시인. 자연과 삶을 주제로 한 정제된 표현으로 하이쿠의 형식을 완성했다.
*** 마쓰오 바쇼의 유명한 하이쿠 '나팔꽃에 두레박 빼앗겨 얻은 물'에서 인용한 표현.

수 없는 남자도 있다. 집도 있고 그동안 학교도 잘 다녔으면서 갑자기 고향이 싫다며 낯선 타지로 떠난다? 그것도 전차가 다니는 곳이라면 모를까, 뜬금없이 휴가의 노베오카라니. 나는 배편이 많은 이곳에 와서도 한 달이 채 안 되어 벌써 돌아가고 싶어졌다. 하물며 노베오카라면 오지 중의 오지다. 빨간 셔츠의 말로는 배에서 내려 하루 내 마차를 타고 미야자키로 간 다음, 거기서 또 종일 인력거를 타야 겨우 도착한다고 했다. 이름부터가 오지 같다. 원숭이와 사람이 반씩 나눠 살아가는 느낌이랄까. 아무리 성인군자인 끝물이라도 원숭이와 친구 하고 싶진 않을 텐데, 참으로 기이한 취향이 아닐 수 없다. 그때 할머니가 여느 때처럼 저녁을 내왔다.

"또 감자예요?"

"아니, 오늘은 두부예요."

뭐, 그게 그거 아닌가.

"할머니, 고가 선생님이 휴가로 간다네요."

"정말 안됐네."

"안됐다뇨, 자기가 좋아서 가는데요, 뭘."

"좋아서 간다니, 누가 그럽디까?"

"누구긴요, 당사자죠. 고가 선생 취향이 별나서 가는 거 아니에요?"

"그럴 리가, 오해를 해도 단단히 하셨네."

"오해요? 방금 빨간 셔츠가 그러던데요. 그게 오해면 빨간 셔츠가 거짓말이라도 했단 말씀인가요?"

"교감 선생이 그렇게 말한 것도 이해가 가고, 고가 선생이 떠나기 싫어하는 것도 이해가 가요."

"그럼 양쪽 다 이해가 간다는 말씀이시네요. 할머니는 참 공평하시네요. 대체 뭐가 어떻게 된 건가요?"

"오늘 아침에 고가 선생님 어머니가 오셔서 이런저런 사정을 말씀하셨지요."

"어떤 사정이요?"

"고가 선생 아버지가 돌아가신 뒤로, 형편이 많이 어려웠나 봐요. 그래서 어머니가 교장 선생님께 부탁을 드렸대요. 벌써 사 년이나 근무했는데, 제발 월급을 조금만 더 올려주면 안 되겠느냐고 말이지요."

"그래요?"

"그랬더니 교장 선생님이 한번 생각해보겠다고 했대요. 그제야 어머니도 마음을 놓고 이제 곧 월급이 오르겠거니 기다리고 있는데, 교장 선생님이 어느 날 갑자기 고가 선생을 불렀대요. 그래서 가보니, 미안하지만 학교 예산이 빠듯해서 월급을 올릴 수는 없고, 대신 5엔 더 많은 자리가 노베오카에 하나 났는데, 거기 가는 게 더 좋을 것 같다며 이미 절차를 밟아놨으니 가라고 했다네요."

"그건 상의가 아니라 명령이잖아요."

"그렇지요. 고가 선생은 다른 데 가서 돈 좀더 받느니, 지금처럼 그냥 여기서 지내고 싶다고 했대요. 집도 여기 있고 어머니도 계시니까요. 그렇게 사정했는데도 교장 선생님은 이미 정해진 일인 데다, 대체 인력도 구해놔서 어쩔 수 없다고 했다네요."

"사람을 바보 취급해도 유분수지, 진짜 웃기지도 않네요. 그럼 고가 선생님은 갈 생각이 없다는 거네요. 어쩐지 이상하다 했어요. 5엔 더 받자고 그런 산골까지 가서 원숭이 친구나 하려는 돌대가리가 어디 있겠어요."

"돌대가리라뇨, 선생님도 참."

"뭐 어쨌든 간에, 이게 다 빨간 셔츠의 계략인 거네요. 이건 아니죠. 완전히 사기잖아요. 그걸로 내 월급을 올려주시겠다? 뭐 이런 경우가 다 있지. 올려준다 한들, 누가 그런 걸 덥석 받습니까!"

"선생님 월급이 오르는군요."

"올려주겠다는데, 거절하려고요."

"왜, 거절하게요?"

"무조건 거절할 겁니다. 할머니, 그 빨간 셔츠라는 놈 바보예요. 비열하기 짝이 없다고요."

"비열하든 뭐든, 어쨌든 월급을 올려주겠다고 하면 얌전히 받는 게 이득이지요. 젊을 땐 누구나 욱하고 화내지만, 나이 들어 곰곰이 생각해보면 그때 조금만 더 참을걸, 하고 후회하지요. 그러니 이 할미 말 듣고 빨간 셔츠 선생이 월급 올려준다고 하면 그냥 고맙습니다, 하고 받으세요."

"나이도 있으신 분이 괜히 이래라저래라하지 마시죠. 월급이 오르든 말든, 내 월급이니까요."

할머니는 아무 말 없이 물러났다. 할아버지는 태평한 목소리로 노래를 불러댔다. 그냥 읽어도 될 글에 굳이 알쏭달쏭한 가락을 붙여 일부러 못 알아듣게 하는 기술인가 싶었다. 저런 걸 밤마다 질리지도 않고 읊어대는 할아버지의 마음을 도무지 모르겠다. 지금 노래나 듣고 있을 때가 아니다. 월급 올려주겠다기에 딱히 탐낸 건 아니지만 안 받을 이유도 없다고 생각했는데, 전근 가기 싫다는 사람을 억지로 쫓아내고, 그 사람의 월급을 덜어 나한테 보태겠다는 게 말이나 되는 소리인가? 본인이 계속 있겠다는데도 기어코 노베오카까지 쫓아내겠다는 말인가? 다자이 곤노소치*도 하카타 근처에 눌러앉았고, 가와이 마타고로**도 사가라에서 멈추지 않았던가. 나는 당장 빨간 셔츠한테 가서 거절하고 와야 직성이 풀릴 것 같았다.

나는 외출복으로 갈아입고 곧장 길을 나섰다. 커다란 현관 앞에 서서 사람을 부르자 또 그 동생 녀석이 나왔다. 내

---

* 규슈를 관할하던 옛 관청 다자이후의 고위 관직. 스가와라 미치자네가 정치적 모함을 받아 이 자리에 좌천된 일로 유명하다.
** 에도 시대 전기의 무사. 적대 관계에 있던 와타나베 겐다유를 살해한 뒤 도피하다가 1634년에 그의 형 와타나베 가즈마 일행의 습격을 받아 전사했다.

얼굴을 보더니 또 왔냐는 눈빛이다. 볼일이 있으면 두 번이든 세 번이든 오는 거고, 한밤중에 두드려 깨우지 말란 법도 없다. 나를 교감 선생 눈치나 살살 보는 인간쯤으로 봤다면 크나큰 오산이다. 이래 봬도 월급 올려준다는 거 도로 돌려주러 왔다 이거야. 그런데 동생 녀석이 지금 손님이 와 있다고 했다. 그래서 나는 현관에서 잠깐 얼굴만 뵙겠다고 했다. 그러고서 발밑을 보니 화려한 나막신 한 켤레가 놓여 있었다. 안에서 "축배라도 들어야겠는데요"라는 목소리가 들려왔다. 광대다. 저렇게 시끄럽게 떠들고, 연예인이나 신을 법한 신발을 신는 인간은 광대뿐이다.

잠시 후, 빨간 셔츠가 등불을 들고 현관까지 나왔다.

"아, 들어오게. 요시카와 선생이 와 있네."

"아뇨, 여기서 하면 충분합니다. 금방 끝날 얘기라서요."

빨간 셔츠의 얼굴을 보니 홍당무가 따로 없었다. 광대랑 술판을 벌인 모양이었다.

"아까 제 월급을 올려주겠다고 하셨는데, 생각이 좀 바뀌어서 거절하러 왔습니다."

빨간 셔츠는 등불을 앞으로 내밀고는 내 얼굴을 비춰보았다. 그러고는 황당한지 아무 대답도 안 하고 멍하니 서 있었다. 월급 올려준다는데 거절해서 당황한 건지, 방금 막 돌아간 주제에 금방 다시 들이닥친 걸 보고 어이가 없는 건지, 아니면 그 둘 다인지, 아무튼 얼빠진 얼굴로 서 있었다.

"아까는 고가 선생이 자원해서 전근 가는 거라고 들어서 받아들였지만……."

"고가 선생은 거의 자진해서 전근하는 게 맞네."

"아뇨, 여기에 남고 싶어 한다던데요. 그냥 받던 대로 받고 고향에 있고 싶다고 한댔어요."

"고가 선생한테 직접 들은 말인가?"

"뭐, 본인한테 들은 건 아닙니다."

"그럼 누구한테 들었는데?"

"제 하숙집 할머니가요. 고가 선생 어머니한테 직접 들은 얘기를 오늘 저한테 해주셨거든요."

"그러니까 하숙집 할머니가 그런 말을 했다는 거지?"

"뭐, 그렇다고 볼 수 있죠."

"미안하지만 그건 좀 아니지 않나? 자네 말대로라면 하숙집 할머니 말은 믿으면서 교감인 내 말은 믿지 않겠다는 식으로 들리는데, 그렇게 이해해도 무방하나?"

그 말에 나는 순간 당황했다. 역시 문학사란 작자들은 대단하다. 묘한 부분을 꼬투리 잡아 물고 늘어졌다. 나는 아버지한테 "너는 덜렁대서, 글렀어, 글러" 하는 말을 곧잘 들었는데 과연 그런 것 같다. 할머니 말을 듣고 아차, 싶어서 쏜살같이 달려오긴 했지만, 사실 끝물이나 그 어머니를 직접 만나서 자세한 사정을 물어보진 않았다. 그래서 이렇게 문학사식 논리로 나오니 솔직히 반박하기가 쉽지 않았다. 나는 속으로 이미 빨간 셔츠에게서 등을 돌렸다. 하숙집 할머니야 좀 쩨쩨하고 욕심 많은 구석이 없진 않지만, 적어도 거짓말은 하지 않는 사람이다. 빨간 셔츠처럼 겉과 속이 다른 사람은 아니다. 나는 어쩔 수 없이 이렇게 말했다.

"교감 선생님 말씀이 사실일지도 모르죠. ……하지만 아무튼 월급 인상은 사양하겠습니다."

"그렇다면 더 이상한데. 지금 자네가 굳이 이렇게까지 찾아온 거로 봐선, 월급 인상을 받아들이기에 양심에 걸리는 이유를 찾았다는 뜻으로 들리는데, 그 이유는 내 설명으로 사라지지 않았나? 그런데도 여전히 인상을 거절한다니 이해가 잘 안 가는군."

"이해 못 하실 수도 있겠죠. 그래도 어쨌든 거절하겠습니다."

"정 그리 싫다면야 억지로 받으라는 말은 하지 않겠네. 하지만 특별한 이유도 없이 겨우 두세 시간 사이에 그렇게 입장을 바꾸면 나중에 자네 신용에 영향을 줄 수도 있어."

"그래도 상관없습니다."

"그럴 리가. 사람한테 신용만큼 중요한 게 또 어딨나. 설령 한발 양보해서 하숙집 주인이……."

"주인이 아니라 할머니입니다."

"누구든 상관없어. 하숙집 할머니가 자네한테 그런 얘기를 했대도 고가 선생의 월급을 깎아서 자네 월급을 더 주는 게 아니지 않은가? 고가 선생은 노베오카로 가고, 그 자리에 새 사람이 오기로 했네. 그 새로 오는 선생의 월급이 고가 선생보다 좀 낮으니, 그 차액을 자네한테 주겠다는 거야. 자네는 누구한테도 미안해할 필요가 없네. 고가 선생은 노베오카에서 더 높은 위치로 승진할 테고, 신입 선생은 애초에 약속한 조건으로 월급을 적게 받고 오는 거고, 자네는 그 덕에 월급이 오르는 거지. 이보다 더 좋은 일이 어디 있나? 거절해도 괜찮지만 집에 돌아가 다시 잘 생각해보게."

나는 그리 똑똑하지가 않아서, 평소 같으면 상대가 이렇게 논리적으로 나오면 "아, 그런가요? 제가 틀렸나 보네요" 하면서 꼬리를 내리고 물러섰겠지만, 오늘 밤만큼은 그러지 않았다. 처음 여기 왔을 때부터 빨간 셔츠가 마음에 들지 않았다. 가끔 친절한 여자 같다고 생각한 적도 있지만, 그게 친절도 뭐도 아니라는 걸 깨달은 순간부터는 그 반작용으로 정나미가 뚝 떨어지고 말았다. 그래서 그가 아무리 논리 정연하게, 그 특유의 교감 말투로 나를 몰아세운다 한들 이젠 아무래도 상관없었다. 말을 잘한다고 해서 좋은 사람도 아니고, 논쟁에서 밀렸다고 해서 꼭 나쁜 사람도 아니다. 겉보기엔 빨간 셔츠 쪽이 훨씬 더 그럴싸해 보이지만, 겉모습이 아무리 번지르르하다 해도 그걸로 사람 마음까지 감동시킬 순 없다. 돈이나 권력, 말발로 사람의 마음을 살 수 있다면, 고리대금업자나 경찰, 대학교수가 세상에서 제일 인기 있어야겠지. 중학교 교감 정도의 논법으로 내 마음을 움직일 순 없다. 사람은 좋음과 싫음에 따라 움직이는 거다. 논리에 따라 움직이는 게 아니라.

"교감 선생님 말씀이 다 옳지만, 전 월급을 올려 받고 싶지 않아졌으니 거절하겠습니다. 생각해도 달라질 건 없습니다. 그럼 이만 가보겠습니다."

나는 이렇게 말하고는 현관문을 나섰다. 머리 위로 은하수가 한 줄기 흐르고 있었다.

9

 끝물의 송별회가 있는 날 아침, 학교에 갔더니 고슴도치가 불쑥 내게 말을 걸어왔다.
 "전에 이카긴이 나한테 찾아와 자네가 난폭하게 굴어서 곤란하다며, 자기 대신 나가라는 말 좀 해줄 수 있냐길래, 그 말을 곧이곧대로 믿고 나가달라 한 거야. 그런데 나중에 알고 보니 그 녀석이 아주 몹쓸 놈이더군. 가짜 서화에 가짜 낙관을 찍어 팔아먹는 사기꾼이지 뭔가. 그러니 자네에 대해 한 말도 거짓말인 게 분명하지. 자네한테 족자나 골동품을 좀 팔아먹으려는데 자네가 거들떠도 안 보니까, 그런 말도 안 되는 소리를 지어내 날 속인 거였어. 나는 그것도 모르고 자네한테 큰 실례를 범했네. 정말 미안해."
 나는 아무 말도 하지 않고 고슴도치의 책상 위에 놓여 있던 1전 5리를 집어, 내 지갑에 넣었다. 그러자 고슴도치가 의아한 얼굴로 물었다.

"그걸 왜 챙기나?"

"음, 그땐 얻어먹는 게 싫어서 돌려주려고 했는데, 그러고 나서 곰곰이 생각해보니까 역시 그냥 얻어먹는 게 좋은 것 같아서요."

고슴도치는 아하하하, 하고 호쾌하게 웃으며 말했다.

"그럼 왜 더 빨리 가져가지 않고?"

"실은 가져가려고 했는데 왠지 민망해서 그냥 놔뒀어요. 요즘은 학교 와서 1전 5리를 보는 것만으로도 괴롭더라고요."

"자넨 진짜 자존심이 세단 말이지."

"선생님도 한 고집 하잖아요."

"자네 어디 출신인가?"

"도쿄요."

"흠, 도쿄 출신이라⋯⋯. 어쩐지 자존심이 세더라니."

"선생님은 어딘데요?"

"아이즈."

"아이즈요? 고집이 셀 만도 하네요. 오늘 송별회에 갈 거죠?"

"가고말고, 자넨?"

"당연히 가야죠. 고가 선생 떠나는 날엔, 포구까지 배웅할 건데요."

"송별회 재밌을걸. 꼭 와. 오늘은 잔뜩 마셔야겠어."

"맘대로 하세요. 난 안주만 먹고 돌아갈 거니까. 술을 뭐 하러 마셔요, 바보같이."

"금방 또 시비조로 나오네. 누가 경박한 도쿄놈 아니랄까 봐."

"네네, 송별회 가기 전에 잠깐 우리 집에 들러요. 할 얘기가 있어요."

고슴도치는 약속대로 내 하숙집에 들렀다. 나는 얼마 전부터 끝물을 볼 때마다 안쓰러워 견딜 수가 없었는데, 오늘이 송별회라고 하니 괜히 더 안쓰러워 가능하다면 내가 대신 노베오카로 가주고 싶었다. 마음 같아서야 송별회 자리에서 멋지게 한마디 해 기운을 좀 북돋아주고 싶지만 내 말솜씨로는 어림도 없을 것 같았다. 그래서 목소리 큰 고슴도치에게 멋진 연설을 부탁해 빨간 셔츠의 간담을 서늘하게 해줬으면 싶어서 일부러 고슴도치를 하숙집으로 오게 했다.

나는 일단 마돈나 사건부터 얘기를 꺼냈는데, 고슴도치는 그 건에 대해 나보다 훨씬 더 잘 알고 있었다. 내가 노제리 강둑에서 있었던 일을 털어놓으며 "아주 바보 같은 놈이에요" 하고 말하자 고슴도치는 이렇게 대꾸했다.

"자넨 꼭 바보 같은 놈이라고 하더라. 오늘 학교에서도 나한테 바보 같다 했지. 나는 바보여도 빨간 셔츠는 바보가 아니야. 나랑 빨간 셔츠는 같은 부류가 아니라고."

"그럼 빨간 셔츠는 멍청한 얼간이예요."

"그건 맞는 말일지도."

고슴도치는 맞장구를 쳤다. 고슴도치는 강단은 있지만 이런 말들은 쓸 줄을 모른다. 아이즈 인간은 대체로 이런 모양이다.

그러고선 빨간 셔츠가 월급을 올려주기로 한 얘기와 장차 중요한 일을 맡길 수도 있다는 얘기를 꺼내자 고슴도치는 흥, 하고 코웃음을 치더니 이렇게 말했다.

"날 자르겠다는 소리군."

"자른다고요? 진짜 그만두려고요?"

"누가 그만둔대? 내가 잘린다면 빨간 셔츠도 같이 잘리게 해주겠어."

고슴도치는 한껏 힘주며 당당하게 말했다.

"어떻게요?"

"그건 아직 생각 안 해봤는데."

고슴도치는 기세는 대단하지만, 머리가 그리 비상한 쪽은 아닌 듯했다. 내가 월급 인상 제안을 거절했다고 하자, 고슴도치는 몹시 좋아하며 칭찬을 아끼지 않았다.

"과연 도쿄 출신이군. 잘했다!"

"고가 선생은 가고 싶지 않으면서 왜 이의를 제기하지 않은 거죠?"

"고가 선생이 알았을 땐 이미 모든 게 다 결정된 후였다더군. 교장한테도 두 번이나 찾아가고, 빨간 셔츠한테도 찾아가 따져봤는데 도무지 손쓸 방도가 없었더라고. 고가 선생이 너무 착해빠져서 그래. 빨간 셔츠가 전근 얘기를 꺼냈을 때, 딱 잘라 거절하든지, 생각해보겠다 하고 시간을 벌든지 했어야 하는데, 그놈의 화술에 넘어가 얼떨결에 그러겠다 한 모양이야. 나중에 어머니가 울면서 사정하고, 내가 따져봐도 아무 소용이 없었어."

고슴도치는 몹시 안타까워했다.

"이번 사건은 빨간 셔츠가 끝물을 멀리 떼어놓고 마돈나를 차지하려는 술책이 분명해요."

"그래, 틀림없어. 그놈은 얌전한 얼굴로 나쁜 짓을 하고, 누가 뭐라 하면 슬쩍 빠져나갈 구멍까지 마련해놓고 있으니, 아주 간사한 놈이지. 그런 놈은 매콤한 주먹맛 좀 봐야 하는데."

고슴도치는 우락부락한 팔을 걷어 올렸다.

"팔이 장난이 아니네요, 유도라도 했나 보죠?"

내가 묻자 고슴도치는 팔뚝에 힘을 주며 한번 만져보라고 했다. 그래서 손끝으로 쿡 찔러보니 온천에 굴러다니는 돌 같았다.

너무 감탄스러운 나머지 "이 정도 팔뚝이면 빨간 셔츠 대여섯 놈은 한 방에 날려버릴 수 있겠는데요?" 하고 말하자, 고슴도치는 "당연하지"라고 하면서 팔을 굽혔다 폈다 했다.

알통이 피부 속에서 빙글빙글 돌았다. 보고 있자니 기분이 유쾌해졌다.

"끈 실 두 가닥을 알통에다 감고 팔을 세게 구부리면 툭 하고 끊어져버리지."

"그 정도는 나도 할 수 있을 것 같은데요."

"에이! 그럼 한번 해봐."

혹시 못 끊으면 망신당할 것 같아서 나는 그냥 하지 않기로 했다.

"그럼, 오늘 밤 송별회 때 술을 진탕 퍼마시고 빨간 셔츠랑 광대를 두들겨 패주는 건 어때요?"

내가 재미 삼아 물어보니 고슴도치는 "글쎄……." 하며 잠시 생각하더니 "오늘 밤은 그러지 말지" 하고 말했다. 그래서 내가 왜냐고 묻자 고슴도치는 제법 분별력 있는 말을 덧붙였다.

"오늘 그러면 고가 선생한테 미안하잖아. ……그놈들을 혼내주려면 나쁜 짓을 벌이는 현장에서 때려잡아야 해. 안 그러면 우리 쪽이 불리해질 수도 있어."

고슴도치도 나보다는 생각이 있는 모양이다.

"그럼 선생님이 멋진 말로 고가 선생을 격려해주시죠. 난 도쿄 사람이라 말에 무게가 없어서 안 돼요. 그리고 전 막상 닥치면 목구멍에 돌덩이가 걸린 것처럼 말이 잘 안 나와요. 그러니까 선생님이 해주세요."

"희한한 병도 다 있네. 그럼 자네는 사람들 앞에만 서면 말이 안 나온다는 거지? 참 곤란하겠어."

"뭐, 그렇게까지 곤란하진 않아요."

나는 대충 얼버무렸다.

그러는 사이 시간이 다 되어 고슴도치와 함께 송별회 장소로 향했다. 가신테이라고 하는, 이 지역에서 최고급 요릿집이라고 한다. 나는 한 번도 가본 적이 없었다. 가로*의 저택을 사들여 개업한 데라던데, 과연 외관부터가 위엄 있었다. 고위 관직자의 저택이 요릿집이 되다니, 마치 무사의 고급 조끼를 속옷으로 만들어버린 격이었다.

우리가 도착했을 때는 25평 크기의 공간에 사람들이 이미 두세 명씩 짝을 이루고 앉아 있었다. 다다미가 오십 장이나 깔린 방답게 도코노마도 굉장히 크고 멋들어졌다. 내가 예전에 머물렀던 야마시로야의 도코노마와는 비교도 안 됐다. 자로 재어보니 3.6미터나 되었다. 오른쪽에는 붉은 무늬가 들어간 세토 도자기가 놓여 있었고, 그 안에는 커다란 소나무 가지가 꽂혀 있었다. 여기다 왜 소나무 가지를 꽂아놨는지는 모르겠으나, 몇 달이 지나도 시들 걱정이 없으니, 돈은 안 들어서 좋을 듯하다.

"이런 세토 도자기는 어디서 만드나요?"

---

* 에도 시대에 번(藩)이나 무사 가문에서 가장 높은 지위의 고문 또는 행정 책임자.

나는 자연과학 선생에게 물었다.

"그건 세토 도자기가 아니라 이마리*라는 겁니다."

"이마리도 세토 도자기 아닌가요?"

내가 이렇게 말하자 자연과학 선생이 에헤헤헤, 하고 웃었다. 나중에 알고 보니 세토에서 만든 도자기는 세토 도자기라고 하고, 이마리 항구를 통해 들어온 건 이마리라고 한단다. 나는 도쿄 사람이라 도자기란 건 전부 세토 도자기라고 부르는 줄 알았다. 도코노마 정중앙에는 커다란 족자가 걸려 있었는데, 내 얼굴만 한 글씨가 스물여덟 자가 쓰여 있었다. 아무리 봐도 엉망이었다. 너무 형편없어서 한문 선생에게 물었다.

"엉망진창인 글씨를 왜 저렇게 번지르르하게 걸어놓은 거죠?"

"저건 가이오쿠라는 유명한 서예가가 쓴 글씨예요."

가이오쿠건 뭐건 간에 내 눈엔 여전히 엉망진창으로 보였다.

이윽고 서기 가와무라가 "다들 자리에 앉아주십시오" 하고 말하길래, 나는 등을 기대기 좋은 기둥 자리를 골라서 앉았다. 가이오쿠 족자 앞에 너구리가 얌전한 옷차림으로 자리를 잡았고, 그 왼쪽에 빨간 셔츠도 정숙한 차림으로 딱 붙

---

* 에도 시대에 일본 사가현에서 생산되어 이마리 항구를 통해 유통된 고급 도자기.

어 앉았다. 오른편에는 오늘의 주인공인 끝물 역시 일본식 옷차림으로 조용히 앉아 있었다. 나는 양복 차림이라 예를 갖추고 앉아 있는 게 영 불편해서 대충 다리를 접고 앉았다. 옆에는 검정 바지를 입은 체육 선생이 등을 꼿꼿이 세우고 앉아 있었다. 역시 체육 선생답게 수련이 잘 되어 있다. 잠시 후, 음식상이 차려지고 술병들이 주르륵 놓였다. 간사가 일어나 간단히 개회사를 했다. 그다음에는 너구리가 일어서고, 또 그다음에는 빨간 셔츠가 일어나 송별 인사를 늘어놓았다. 세 사람 모두 짜기라도 한 듯, 끝물이 인품 좋은 훌륭한 교사라는 점을 입이 마르게 칭찬하며 이렇게 떠나게 되어 실로 유감이라느니, 이는 학교 차원에서뿐 아니라 개인적으로도 크게 아쉬운 일이나, 본인의 사정으로 전근을 간절히 희망하는바, 어쩔 수 없다는 취지의 말을 쏟아냈다, 이런 새빨간 거짓말로 송별회를 열어놓고도 부끄러운 기색이 전혀 없었다. 세 사람 중에서도 특히 빨간 셔츠가 끝물을 가장 극찬했다.

"이런 훌륭한 친구를 잃는 건 나 자신에게도 큰 불행입니다."

빨간 셔츠는 이런 말까지 지껄였다. 게다가 늘 그렇듯 상냥한 목소리를 한층 더 상냥하게 내는 통에 처음 듣는 사람이라면 누구든 속아 넘어갈 것 같았다. 마돈나도 아마 이런 수법에 넘어갔겠지. 빨간 셔츠가 송별사를 읊어대는 동안,

맞은편에 앉아 있던 고슴도치가 내 얼굴을 슬쩍 보더니 번개처럼 희번덕이는 눈빛을 보냈다. 나도 응답의 신호로 입술을 삐죽여 보였다.

빨간 셔츠가 자리에 앉자 기다렸다는 듯이 고슴도치가 벌떡 일어났다. 나는 기쁜 나머지 나도 모르게 손뼉을 짝짝 쳤다. 그랬더니 너구리를 비롯해 모두가 나를 쳐다봐서 조금 난처했다. 고슴도치는 이렇게 말했다.

"교장 선생님, 그리고 특히 교감 선생님은 고가 선생의 전근을 무척 아쉬워하셨지만, 저는 생각이 조금 다릅니다. 고가 선생이 하루라도 빨리 이곳을 떠났으면 좋겠습니다. 노베오카는 외진 데라 여기에 비해 물질적으로는 불편함이 있을 겁니다. 하지만 듣자 하니 사람들이 매우 순박한 동네라고 합니다. 교직원과 학생 모두가 옛날의 소박하고 진솔한 기풍을 지니고 있다고 하더군요. 마음에도 없는 소리를 늘어놓거나 선한 얼굴로 군자를 함정에 빠뜨리는 하이칼라 놈들은 한 명도 없을 거라 믿기에, 고가 선생처럼 선하고 진중한 사람이라면 분명 그곳 사람들에게 환영받으리라 확신합니다. 저는 진심으로 고가 선생의 전근을 축하드립니다. 끝으로 노베오카에 부임하거든 그 지역의 숙녀 중에서 군자의 배필이 될 자격을 갖춘 분을 하루라도 빨리 만나 원만한 가정을 꾸려, 그 부도덕한 천방지축이 땅을 치고 후회하게 만들기를 바랍니다."

고슴도치는 헛기침을 크게 두 번 하고 자리에 앉았다. 나는 이번에도 손뼉을 치고 싶었지만, 또 사람들이 내 얼굴을 쳐다볼까 봐 그만두었다. 고슴도치가 자리에 앉자 이번에는 끝물이 일어났다. 끝물은 정중하게 방 끝의 말석까지 가, 모두에게 공손히 인사를 하고는 이렇게 말했다.

"이번에 제 개인적인 사정으로 규슈로 가게 되었습니다. 그런 저를 위해 여러분께서 이렇게 성대한 송별회를 열어주신 것에 대해 진심으로 감동받았습니다. 교장 선생님과 교감 선생님, 그리고 여러 선생님들의 따듯한 작별 인사를 마음 깊이 새기겠습니다. 저는 이제 멀리 지방으로 떠나지만, 앞으로도 응원 부탁드립니다."

끝물은 몸을 잔뜩 숙여 인사하고 자리로 돌아왔다. 대체 심성이 어디까지 착한지 그 끝을 알 수 없었다. 자신을 바보 취급한 교장과 교감에게까지 정중히 감사 인사를 하다니. 그것도 단순히 형식적인 인사치레가 아니라, 그 모습이며 말투며 표정에서 진심으로 감사하는 마음이 느껴졌다. 이런 성인군자 같은 사람에게 진심 어린 인사를 들었다면, 민망해서 얼굴이 붉어질 만도 한데, 너구리도 빨간 셔츠도 눈도 깜짝 안 하고 듣고만 있었다.

인사가 끝나자 여기저기서 후루룩 후룩 소리가 들려왔다. 나도 따라서 국물을 한 모금 마셔봤지만, 더럽게 맛이 없었다. 안주로 나온 어묵도 거무칙칙한 게 꼭 불량식품 같았다.

회도 있었지만, 살점이 너무 두꺼워서 생참치 덩어리를 먹는 느낌이었다. 그런데도 주변 사람들은 맛있다는 듯 우걱우걱 잘도 먹어댔다. 제대로 된 도쿄 음식을 먹어보지 않은 게 분명하다.

그때 술병이 바삐 오가기 시작하더니, 사방이 갑자기 시끌벅적해졌다. 광대 놈은 교장 앞에 나아가 공손히 술잔을 받들고 있었다. 진짜 밥맛 떨어지는 녀석이다. 끝물은 일일이 술잔을 돌리고 있었는데, 방 안을 아예 한 바퀴 돌 생각인 듯했다. 참 고생이 많다. 끝물이 내 앞에 와서 "한 잔 받으세요" 하고 정중히 청하길래 나도 주뼛주뼛 예의를 차리며 한 잔 따랐다.

"이렇게 금방 이별이라니 아쉽네요. 언제 출발하세요? 꼭 배웅 나가겠습니다."

"아니요, 바쁘실 텐데 그렇게까지 안 하셔도 됩니다."

끝물은 사양했지만, 나는 학교를 빼먹고서라도 꼭 배웅할 생각이다.

그리고 나서 한 시간쯤 지나자 분위기가 꽤 흐트러졌다.

"자, 한 잔!"

"어이, 마시랬잖아······."

술에 취해 혀가 꼬이는 사람들이 하나둘 나오기 시작했다. 나는 조금 지루해져서 화장실에 갔다가 별빛 아래서 고풍스러운 정원을 바라보고 있는데 고슴도치가 다가왔다.

"어때, 아까 내 연설 괜찮았지?"

상당히 자신만만한 모습이었다.

"아주 좋았는데, 한 군데 마음에 안 드는 부분이 있었어요."

"어디가 마음에 안 들었는데?"

"선한 얼굴로 군자를 함정에 빠뜨리는 하이칼라 놈들은 노베오카에 한 명도 없을 거라고 했잖아요."

"응."

"하이칼라 놈들이란 말로는 부족해서요."

"그럼 뭐라고 해야 하는데?"

"하이칼라 썩을 놈, 사기꾼, 야바위꾼, 위선자, 약장수, 꾀쟁이, 앞잡이, 멍멍 개새끼라고 했어야죠."

"나는 그런 말이 잘 안 나와. 자네는 술술 잘도 하네. 알고 있는 단어는 엄청 많은데 말을 잘 못 하는 게 이상하단 말이야."

"이건 싸울 때 써먹으려고 비축해 둔 말이니까요. 아무튼 연설할 땐 입이 안 떨어져요."

"그래? 거참, 이렇게 막힘없이 술술 나오는데 말이야. 한 번만 더 해봐."

"얼마든지요. 썩을 놈, 사기꾼, 야바위꾼……."

고슴도치와 이러고 있는데 쿵쾅쿵쾅 두 사람이 비틀거리며 밖으로 나왔다.

"선생님들, 너무하네. ……도망이나 치고, ……내가 있는 한 절대 못 도망가지, 자, 마셔, 마셔! 야바위꾼? ……재밌네, 야바위꾼이라, 아주 재밌어. ……자자, 마셔, 마시자고!"

이렇게 말하고는 나와 고슴도치를 억지로 끌고 갔다. 사실 이 두 사람은 원래 화장실에 가려고 나왔다가, 취한 나머지 그 목적을 까먹고 다짜고짜 우리를 끌고 간 것이다. 취객은 눈앞에 보이는 일에만 반응해서, 바로 전에 하려던 일도 금세 까먹어버린다.

"자, 여러분, 야바위꾼을 끌고 왔어요. 자, 술을 납시오, 야바위꾼이 나가떨어질 때까지 따라 주자고요. 도망치기만 했단 봐라!"

그러고선 도망치지도 않은 나를 벽 쪽으로 밀어붙였다. 둘러보니 상 위에는 제대로 된 안주가 하나도 남아 있지 않았다. 자기 몫을 싹 먹어치우고, 대여섯 자리나 떨어진 곳까지 원정을 온 놈도 있었다. 교장은 언제 나갔는지 코빼기도 보이지 않았다.

"여기가 맞나?"

그때 게이샤 서너 명이 안으로 들어왔다. 나도 약간 놀랐지만, 벽 쪽에 내몰린 상태라 가만히 보고 있을 수밖에 없었다. 그러자 지금까지 기둥에 기대앉아 예의 그 호박 파이프를 물고 있던 빨간 셔츠가 갑자기 벌떡 일어나 밖으로 나가려 했다. 마침 들어오던 게이샤 하나가 빨간 셔츠와 스쳐 지나가면서 웃으며 인사를 건넸다. 가장 어리고 예쁜 여자였다. 거리가 있어서 잘 들리진 않았지만, "어머, 안녕하세요" 정도의 인사였던 것 같다. 그런데 빨간 셔츠는 못 본 척하며 나가버리더니, 다시는 나타나지 않았다. 아마 교장 뒤를 따라 슬쩍 빠져나간 모양이다.

게이샤들이 들어오자 분위기가 확 바뀌더니 시끌시끌 난리도 아니었다. 어떤 녀석들은 손바닥 뒤집기 놀이를 하는데 목소리가 어찌나 큰지 검술 연습이라도 하는 듯했다. 또 이쪽에선 가위바위보를 하는데 정신없이 손을 흔들어대는 꼴이 인형극단의 꼭두각시보다 훨씬 더 요란했다. 저쪽 구석에서는 술병을 흔들며 소리를 질렀다.

"어이, 술 좀 따라봐, 술! 술!"

도무지 시끄럽고 어수선해서 견딜 수가 없었다. 그 와중에 고개를 푹 숙인 채 생각에 잠겨 있는 사람은 끝물뿐이었다. 이 정도면 자신의 전근을 아쉬워해서가 아니라 자기들끼리 술판을 벌이고 싶어서 송별회를 열었다는 생각이 들지 않았을까. 정작 끝물 혼자만 하릴없이 앉아 괴로워하고 있을 뿐이었다. 이런 송별회라면 차라리 열지 않는 게 훨씬 낫다.

잠시 후, 저마다 걸걸한 목소리로 알 수 없는 노래를 부르기 시작했다. 내 앞에 게이샤 하나가 와서는 샤미센*을 끌어

---

* 세 줄의 현이 있는 일본 전통 현악기.

안으며 말했다.

"당신도 한 곡 해봐요."

"난 안 해, 네가 한 곡 해보든지."

징 치고 북 치고

길 잃은 멍텅구리

두둥 둥둥 둥두루지리징

두드리며 돌아다니다 만날 수 있다면

나도 두둥 둥둥 둥두루지리징

징 치고 북 치고 보고픈 사람이 있다네

게이샤는 숨넘어가게 노래를 부르더니 "아, 힘들다" 하고 말했다. 힘들면 좀더 쉬운 노래를 부르면 될 것을. 그때 광대가 어느새 옆에 와 앉아서는 만담꾼 같은 말투로 말했다.

"스즈짱, 그리운 사람을 겨우 만났는데 금방 가버리다니 안됐네."

"힝, 몰라요!"

게이샤는 뾰로통하게 말했다. 광대는 개의치 않고 들기 싫은 목소리로 연극이라도 하듯 놀려댔다.

"우연히 마주치긴 했지만……"

"아잉, 그만해요."

게이샤가 손바닥으로 광대의 무릎을 콩 치자, 광대가 자지러지게 웃어댔다. 이 게이샤는 아까 빨간 셔츠에게 인사했던 여자다. 게이샤에게 맞고 처웃다니, 광대도 참 해맑은 인간이다.

"스즈짱, 내가 전통 민속춤을 출 테니 반주 좀 해봐."

광대는 기어이 춤을 출 모양이다.

반대편에서는 한문 선생이 이가 몽땅 빠진 입을 오물거리며 노래를 불렀다.

"그건 잘 안 들려요, 덴베이 씨, 당신과 나 사이는……."

한문 선생은 여기까지 잘 부르다가 "다음이 뭐였더라?" 하고 게이샤에게 물었다. 노인네란 원래 기억력이 나쁜 법이다. 다른 게이샤가 자연과학 선생을 붙잡고 물었다.

"요즘 새로 나온 노래, 한번 불러볼까요? 잘 들으세요."

꽃처럼 말아 올린 머리

하얀 리본 단 세련된 머리

타는 건 자전거

켜는 건 바이올린

어설픈 영어로

I am glad to see you

노래가 끝나자 자연과학 선생은 감탄했다.

"오, 재밌네, 영어도 들어가고!"

고슴도치는 귀청이 떠나가라 "게이샤! 게이샤!" 하고 소리치며 명령했다.

"내가 칼춤을 출 테니, 샤미센을 연주해!"

그 목소리가 너무도 험악해서 게이샤는 깜짝 놀라 멍하니 가만히 있었다. 고슴도치는 그러거나 말거나 전혀 아랑곳하지 않고 어디서 지팡이를 가져와서는 방 한가운데로 나와 "천 산 만 봉우리 딛고 안개를 헤치고 나아가리!" 하며 남몰래 숨겨둔 장기를 선보이기 시작했다. 그때 광대는 이미 전통 민속춤 순회공연을 끝내고, 달마쇼까지 마친 상태였다. 그것도 모자라 이제는 훈도시만 걸친 채 빗자루를 겨드랑이에 끼고 "일청 담판이 결렬됐다!"라고 외치며 방 안을 행진하듯 걸어 다녔다. 완전히 미친놈이었다.

나는 아까부터 불편한 차림새로 괴로워하면서도 얌전히 앉아 있는 끝물이 안쓰러워 미칠 것 같았다. 아무리 자신의 송별회라지만, 훈도시 바람으로 춤추는 꼴까지 꾹 참고 봐야 할까. 나는 끝물에게 다가가 말했다.

"고가 선생, 우리 그만 갑시다."

"오늘은 제 송별회니까, 제가 먼저 일어나는 건 실례지요. 전 괜찮으니 먼저 가세요."

끝물은 이렇게 말하며 꼼짝도 안 했다.

"아, 무슨 상관이에요? 송별회면 송별회답게 하든지요. 저 꼴들 좀 보세요. 이건 뭐 완전 미치광이 축제잖아요. 자, 가요!"

안 가겠다는 사람을 억지로 설득해서 방을 나가려는 순간, 광대가 빗자루를 휘두르며 다가왔다.

"아니, 주인공이 먼저 가서야 쓰나! 일본하고 청나라 담판이라니까! 그냥은 못 보내지."

광대는 빗자루를 옆으로 뻗으며 우리 앞길을 막았다. 나는 아까부터 뚜껑이 열리기 직전이라 "청나라 담판은 우라질, 그게 너랑 뭔 상관인데!" 하고는 광대의 머리를 주먹으로 퍽 내리쳤다. 광대는 이삼 초 동안 멍한 얼굴로 얼빠진 듯 서 있다가 알 수 없는 소리를 늘어놓았다.

"어어, 이건 너무하잖아. 감히 날 때리셨겠다? 이 고귀하신 요시카와를 때려? 좋아, 일청 담판이다!"

그때 뒤에서 고슴도치가 이 소동을 알아차렸는지 칼춤을 멈추고 달려왔다. 그러고는 이 꼴을 보더니 광대의 목덜미를 거칠게 낚아챘다.

"일청……, 아야, 아야야. 이거 너무 폭력적이잖아!"

저항하는 광대를 고슴도치가 옆으로 비틀자 녀석은 그대로 바닥에 고꾸라졌다. 그 뒤엔 어떻게 됐는지 모른다. 중간에 끝물과 헤어지고 집에 돌아오니 밤 11시가 넘어 있었다.

10

 승전 기념일이라 학교는 쉬게 되었다. 연병장에서 기념식이 있어, 너구리는 학생들을 인솔해 참석해야 했다. 나도 교직원 중 한 사람으로서 따라갔다. 거리로 나가니 일장기 천지라 눈이 부실 지경이었다. 전교생이 팔백 명이나 되다 보니, 체육 선생이 대열을 맞추고 각 반과 반 사이에 간격을 조금씩 둔 채, 그 틈에 교직원들이 한두 명씩 감시 역할로 끼어들게 했다. 구성은 그럴싸해 보이지만 실제로는 엉망진창이었다. 학생들은 어린 주제에 건방지기까지 해서, 규율을 어기지 않으면 학생으로서 체면이 서지 않는다고 생각하는 놈들이다. 그러니 선생 몇 명이 따라붙어도 아무 소용이 없다. 시키지도 않았는데 제멋대로 군가를 부른다거나, 군가를 못 부르게 하면 아무 이유도 없이 "와아!" 하고 함성을 지르기 일쑤다. 꼭 할 일 없는 사무라이들이 거리를 활보하고 다니는 것 같다. 떠들지 않고도 잘 걸을 수 있을 텐데. 군가도 안 부르고 함성도 안 지를 때는 자기들끼리 나불거리기 바쁘다. 일본인은 죄다 입만 산 종자들이라 뭐라고 해봤자 전혀 먹혀들지가 않았다. 심지어 그냥 나불대는 게 아니라 선생 욕을 해대니 정말 한심하다. 나는 숙직 사건 때 학생들에게 사과를 받아낸 터라 이 정도면 잘 처리되었다고 생각했다. 하지만 현실은 그렇지 않았다. 하숙집 할머니의 말을 빌리자면, 그건 정말이지 큰 착각이었다. 학생들이 사과했던 건 진심에서 우러난 반성이 아니었다. 단지 교장의 명령으로, 형식적으로 고개를 숙인 데 불과했다. 장사치가 굽신거리며 교묘히 바가지를 씌우는 것처럼 학생들도 사과는 했지만, 장난은 절대로 그만두지 않았다. 곰곰이 생각해보면, 세상이라는 건 죄다 이런 학생 같은 놈들로 이루어져 있는 듯하다. 누군가 사과하거나 용서를 구할 때, 그것을 진심으로 받아들이고 용서해주는 사람은 순진해 빠진 바보 취급을 받는다. 사과란 어차피 형식적인 거고, 용서 역시 마찬가지란 걸 인정하면 아무 문제 없다. 만약 진심으로 뉘우치게 만들고 싶다면, 진심으로 후회할 때까지 두들겨 패줘야 한다.

내가 반과 반 사이를 지나가면, 튀김이다, 경단이다, 하는 말들이 끊임없이 들려왔다. 게다가 숫자가 워낙 많아서, 누가 말하는 건지도 알 수가 없었다. 설사 알아낸다 해도 '전 선생님을 튀김이라 한 게 아닌데요', '경단이라고 한 적 없어요', '선생님이 예민해서 그렇게 들으신 거겠죠' 하고 둘러댈 게 뻔했다. 이런 비열한 근성은 봉건시대부터 이 지역에 뿌리내려온 습관이라서 아무리 타이르고 가르쳐봤자 절대로 고쳐지지 않는다. 이런 데서 일 년만 살면 나처럼 순수한 사람조차도 어느새 물들어버릴지도 모른다. 하지만 교묘한 수법으로 내 얼굴에 먹칠하는 짓을 두고만 볼 수는 없었다. 저쪽이 인간이면 나도 인간이다. 말만 학생이지 덩치는 나보다 큰 놈들이다. 그러니 한 방 먹이지 않으면 체면이 안 선다. 하지만 내가 반격하려고 정공법으로 나가면 저쪽에서 도리어 꼬투리를 잡으려 든다. 내가 잘못을 지적할 걸 대비해 처음부터 도망칠 구멍을 만들어놓고 말만 번지르르하게 늘어놓는다. 그럴싸한 말로 빠져나간 뒤 결국은 내 탓이라며 몰아붙인다. 애초에 내 반격으로 벌어진 일이니 상대쪽 잘못을 밝혀내지 못하면 내 변명이 통하질 않게 된다. 결국은 상대가 먼저 싸움을 걸어왔는데도 겉으로는 내가 먼저 싸움을 건 것처럼 보이게 된다. 그야말로 엄청난 손해다. 그렇다고 저들이 하는 짓을 그냥 참고 넘어가면 점점 더 그들의 기세만 등등해질 뿐이다. 넓게 보면 결국 사회 전체에도 해가 된다. 그래서 어쩔 수 없이 눈에는 눈, 이에는 이의 방식으로 맞서 더는 덤비지 못하게 치고 나가야 한다. 그렇게 되면 도쿄 토박이의 자존심도 무너지고 만다. 하지만 일 년 가까이 시달리다 보면, 나도 결국 인간이니 자존심이고 뭐고 이렇게 되지 않고선 못 배긴다. 도저히 안 되겠다. 하루라도 빨리 도쿄라도 돌아가서 기요와 함께 살아야 한다. 이런 촌구석에 있다가는 타락하고 말 것이다. 여기서 타락하느니 차라리 신문 배달을 하는 게 훨씬 낫겠다.

이런 생각을 하며 마지못해 대열을 따라가고 있는데, 갑자기 앞쪽이 왁자지껄 소란스러워지기 시작했다. 동시에 대열이 딱 멈춰 섰다. 이상해서 옆으로 빠져나와 앞을 보니 오타마치의 끝에서 야쿠시마치로 꺾어지는 모퉁이에서 길이 막혀 서로 밀고 밀리는 아수라장이 벌어지고 있었다. 앞쪽에서 "조용, 조용!" 하고 목이 쉬도록 외쳐대는 체육 선생에게 무슨 일이냐고 물으니, 모퉁이에서 우리 학교와 사범학교 대열이 서로 충돌했다는 것이다.

중학교와 사범학교는 어느 지역이든 개와 원숭이처럼 사이가 나쁘다고 한다. 왜 그런지는 모르겠지만 기질이 서로 전혀 안 맞는 모양이다. 사소한 일에도 툭하면 싸움이 벌어진다. 아마도 좁은 시골에서 지루함을 달래기 위한 심심풀이쯤으로 여기는 걸지도 모른다. 나는 원래 싸움을 좋아하는 편이라 충돌이라는 말을 듣자마자 후다닥 달려갔다. 앞쪽에 있던 녀석들은 "뭐야, 지방세로 공부하는 주제에! 물러서!" 하고 고함을 치고 있었고, 뒤쪽에서는 "밀어! 밀어!" 하고 큰소리가 터져 나왔다. 내가 그 사이를 뚫고 모퉁이까지 겨우 다다른 순간, "앞으로!"라는 날카로운 구령 소리에 맞춰 사범학교 학생들이 다시 줄을 맞춰 행진하기 시작했다. 양측의 충돌은 어쨌든 수습된 듯 보였지만, 결국 우리 학교가 한발 물러선 셈이었다. 서열로 따지면 사범학교가 더 위였던 것이다.

　기념식은 매우 간소했다. 여단장과 지사가 차례로 축사를 읽자, 참석자들이 만세를 외쳤다. 그게 끝이었다. 행사 공연은 오후에 있을 예정이라, 나는 일단 하숙집으로 돌아가 며칠째 신경 쓰이던 기요의 편지에 답장을 쓰기로 했다. 이번에는 좀더 자세히 써달라는 주문이 있었던 터라 가능한 한 정성스럽게 써야 했다. 하지만 막상 쓰려고 하니 쓸 거리는 많은데 어디서부터 써야 할지 고민스러웠다. 이 얘기를 쓸까? 좀 성가실 것 같은데. 그 얘기를 쓸까? 아냐, 시시해. 뭔가 힘들이지 않고 술술 나오되 기요가 재미있어할 만한 얘기는 없을까 생각했지만, 그런 건 딱히 없는 것 같았다. 나는 먹을 갈고, 붓을 적시고, 두루마리 종이를 노려보고, 또다시 종이를 노려보고, 붓을 적시고, 먹을 갈았다. 같은 동작을 몇 번이고 반복한 끝에 역시 도저히 안 될 것 같아 체념하고 벼루 뚜껑을 닫아버렸다. 편지 같은 건 정말 귀찮다. 역시 도쿄까지 직접 가서 만나 이야기하는 게 더 편하다. 기요의 걱정을 이해 못 하는 것도 아니지만, 기요의 요청대로 편지를 쓰는 건 이십일 일 동안 단식을 하는 것보다 더 괴롭다.

나는 붓과 두루마리 종이를 내팽개치고, 벌렁 누워 팔을 베고는 마당을 바라보았지만, 역시 기요가 마음에 걸렸다. 그때 문득 이런 생각이 들었다. 이렇게 먼 데서도 기요의 안부를 걱정하는 내 진심은 분명 기요에게 전해질 것이다. 전해지기만 하면, 편지 같은 건 보낼 필요가 없다. 무소식이 희소식이라지 않던가. 소식이라는 건 죽었거나 아프거나 뭔가 일이 생겼을 때나 보내는 것이다.

정원은 열 평 남짓한 평평한 마당으로 딱히 내세울 만한 나무도 없었다. 담장 너머에서도 눈에 띌 만큼 키가 큰 밀감나무 한 그루가 있을 뿐이다. 나는 집에 돌아올 때마다 이 밀감나무를 바라보곤 했다. 도쿄를 한 번도 떠나본 적 없는 이들에게는, 밀감이 주렁주렁 매달리는 풍경이 몹시 신기한 일일 것이다. 푸른 열매들이 조금씩 영글어 노란빛으로 물들어가는 모습이 얼마나 곱고 찬란해 보이겠는가. 지금도 반쯤 노랗게 물든 것이 있다. 할머니한테 물어보니 즙이 많고 아주 맛있는 밀감이라고 했다. 다 익으면 실컷 먹으라고 했으니, 매일 조금씩 먹어야겠다. 앞으로 삼 주만 지나면 충분히 먹을 수 있을 듯하다. 설마 그 전에 이곳을 떠날 일은 없겠지.

밀감 생각에 한창 잠겨 있는데, 갑자기 고슴도치가 찾아왔다.

"오늘은 승전 기념일이잖아, 자네랑 같이 맛있게 먹으려고 소고기를 사 왔지."

그러면서 소매에서 대나무껍질에 싼 꾸러미를 꺼내더니 방 한가운데에 툭 던졌다. 하숙집에서 감자와 두부만으로 연명하는 처지에, 국숫집도 떡집 출입도 금지된 신세인지라 얼씨구나 했다. 바로 할머니에게 냄비와 설탕을 얻어와 고기를 삶았다. 고슴도치는 소고기를 입에 마구 욱여넣으며 물었다.

"자네, 빨간 셔츠가 게이샤랑 가까운 사이라는 거 아나?"

"알죠, 그럼. 지난번 끝물 송별회 때 왔던 게이샤 중 하나잖아요."

"그래? 난 얼마 전에 겨우 눈치챘는데, 자네 정말 눈치 하나는 빠르군."

고슴도치는 나를 칭찬하더니 다시 말을 이었다.

"그 자식은 입만 열었다 하면, 품성이니 정신적 오락이니 떠들어대면서, 뒤로는 게이샤하고 놀아나기나 하고 말이야. 정말 괘씸한 놈이지. 지는 그런 주제에 자네가 국숫집이나 떡집에 간 걸 가지고 선생 자격 운운하면서 교장 입이나 빌려 훈계나 하고 말이야."

"내 말이요, 그 자식 생각으로는 게이샤는 정신적 오락이고, 메밀국수나 떡은 물질적 오락이란 거죠. 진짜 정신적 오락이라면 대놓고 즐기면 될 텐데, 게이샤가 들어오자마자 슬쩍 피하기나 하고. 사람들을 기만하는 거라고요. 하여간 진짜 마음에 안 들어. 그래 놓고 다른 사람이 추궁하면 딱 잡아떼거나 러시아 문학이 어쩌고, 하이쿠가 신체시의 형제라느니 떠들면서 교묘히 속이려 들고. 그런 비겁한 놈은 남자도 아니에요. 새침한 꼬락서니로 봐선 궁녀가 환생한 게 분명해요. 아니면 아버지가 유지마의 남창이었을지도 모르죠."

"유지마의 남창? 그게 뭔데?"

"뭐, 남자답지 못하다는 거예요. 선생님, 거긴 아직 덜 익었어요. 잘못 먹으면 촌충 생겨요."

"그런가, 괜찮을 것 같은데. 그나저나 빨간 셔츠는 사람들 몰래 온천 거리 가도야에 가서 게이샤와 만난다더라?"

"가도야면, 그 여관이요?"

"여관 겸 요정이지. 그러니까 놈을 제대로 망신 주려면 놈이 게이샤를 데리고 들어가는 순간, 덮쳐야 해."

"밤새 감시라도 하자는 거예요?"

"응, 맞은편에 마스야라는 여관이 있거든. 거기 2층을 빌려서 창호지에 구멍을 뚫고 지켜보는 거지."

"확실히 올까요?"

"올 거야. 어차피 하루 이틀로는 안 돼. 이 주일은 감시해야 돼."

"엄청 피곤하겠는데요. 아버지 돌아가시기 전에 일주일 꼬박 간호했었는데, 그러고 나서 완전히 탈진했다니까요."

"몸 좀 피곤하면 어때. 그런 간사한 놈을 그대로 놔두는 건 일본을 위해서도 안 좋아. 내가 하늘을 대신해서 천벌을 내릴 거야."

"그거 통쾌한데요. 이렇게까지 하신다는데 나도 도울게요. 오늘 밤부터 당장 시작인가요?"

"아직 마스야 여관에 얘기해놓지 않아서 오늘 밤은 안 돼."

"그럼 언제부터 하게요?"

"조만간 시작해야지. 자네한테도 연락 줄 테니까 그때 도와줘."

"좋아요, 언제든 도울게요. 계략은 잘 못 짜도, 싸움 하나는 자신 있으니까!"

빨간 셔츠 퇴치 작전을 한창 논의하고 있는데, 하숙집 할머니가 와 말했다.

"학생 하나가 홋타 선생님을 뵙고 싶다며 찾아왔어요. 댁에 안 계셔서 여기로 와봤다네요."

고슴도치는 그러냐며 현관까지 나갔다가 곧 돌아와 말했다.

"학생이 행사 공연을 보러 가자고 하네. 오늘은 고치에서 특별히 춤추는 사람들이 왔다고 꼭 봐야 한다나. 흔히 볼 수 없는 춤이라니까 자네도 같이 가지."

고슴도치는 신이 나서 같이 가자고 권했다. 나는 춤이라면 도쿄에서 질리도록 봤다. 해마다 하치만 축제 때 봐서 안 봐도 뻔했다. 촌놈들이 추는 바보 같은 춤 따위 별로 보고 싶지도 않았지만, 고슴도치의 권유에 못 이겨 어쩔 수 없이 따라나섰다. 누가 고슴도치를 데리러 왔나 하고 보니까 뜻밖에도 빨간 셔츠의 동생이었다.

행사장에 들어서니 에코인의 스모 대회나 혼몬지의 축제처럼 곳곳에 깃발을 세워놓고, 세계 만국의 국기를 죄다 빌려온 듯 줄줄이 가득 걸어두어서 탁 트인 하늘이 여느 때보다 훨씬 활기차 보였다. 동쪽 구석에 임시 무대가 설치되어 있었는데, 여기서 고치의 무슨 춤을 춘다고 한다. 무대에서 오른쪽으로 조금만 걸어가니 갈대 울타리 안에 꽃꽂이가 전시되어 있었다. 사람들은 감탄하며 바라보았지만, 내 눈에는 시시하기 짝이 없었다. 풀이나 대나무를 구부려놓고 좋아할 거면, 차라리 잘생긴 꽃미남이나 절름발이 서방을 자랑하는 편이 낫겠다.

무대 반대편에선 쉴 새 없이 불꽃을 터뜨렸는데, 뜬금없이 불꽃 속에서 풍선이 튀어나왔다. 보니까 제국 만세라고 쓰여 있었다. 풍선은 소나무 위를 둥실둥실 날아서 군대 막사 안에 떨어졌다. 그다음엔 피융 소리와 함께 검은 덩어리가 가을 하늘을 뚫고 치솟더니, 내 머리 위에서 펑 하고 터졌다. 파란 연기가 우산살처럼 퍼지며 하늘로 흩어졌다. 풍선이 또 하나 떠올랐다. 이번에는 빨간 바탕에 육해군 만세라고 하얗게 적힌 놈이 바람을 타고 온천 거리에서 아이오 마을 쪽으로 날아갔다. 아마도 관음사 경내로 떨어졌을 것이다.

기념식 때는 그리 많지 않았는데, 이번엔 엄청난 인파다. 시골에 이렇게나 사람이 많았나 싶을 정도로 북적거렸다. 똑똑해 보이는 얼굴은 별로 없었지만, 숫자만큼은 어마어마했다. 그러는 사이에 드디어 고치의 유명한 무슨 춤이 시작되었다. 춤이라고 해서 전통춤을 출 줄 알았는데 완전히 큰 착각이었다.

머리에 띠를 두르고, 무사처럼 무릎 아래를 단단히 졸라맨 바지를 입은 남자들이 열 명씩 세 무리로 나뉘어 무대 위에 세 줄로 늘어섰다. 그 서른 명이 모두 칼을 뽑아 들고 있어서 깜짝 놀랐다. 앞줄과 뒷줄의 간격이 겨우 45센티 정도 될까 말까 하고, 좌우 간격은 그보다 더 좁지도 넓지도 않았다. 딱 한 사람만 줄에서 벗어나 무대 끝쪽에 서 있었는데, 칼 대신 북을 가슴에 매달고 있었다. 북은 전통 축제 때 쓰는 것과 같았다. 이 남자가 "이야아, 하아아" 하고 늘어지는 소리로 괴상한 가락을 흥얼거리면서 큰북을 둥둥둥둥 두드렸다. 지금껏 들어본 적 없는 묘한 노래였다. 미카와 지방의 전통 노래와 염불을 섞어놓은 것 같았다.

노래가 어찌나 느린지 여름철의 엿가락처럼 질질 늘어졌다. 다만 구절마다 북을 둥둥 쳐줘서 박자는 딱딱 맞아떨어졌다. 이 박자에 맞춰 서른 명의 칼날이 번쩍번쩍 빛났는데, 손놀림이 하도 재빨라서 보는 내내 조마조마했다. 옆에도 뒤에도 겨우 45센티쯤 떨어진 곳에 모두가 예리한 칼을 휘두르고 있으니 조금만 호흡이 어긋나도 서로를 다치게 할 위험이 있었다. 그나마 몸은 가만히 둔 채 칼만 휘두른다면 그렇게까지 위험하지는 않을 텐데, 서른 명이 한꺼번에 발을 구르며 방향을 틀 때가 있다. 빙그르르 돌거나 무릎을 굽히기도 했다. 만약 옆 사람이 단 1초라도 빠르거나 늦으면, 자기 코나 옆 사람 머리가 날아갈 판이었다. 칼을 마음대로 휘두르는 것 같지만, 실제로 허용된 범위는 약 45센티 정사각형 안에 불과하다. 그 안에서 주변 사람들과 완벽히 호흡을 맞춰 같은 방향, 같은 속도로 움직여야 했다. 가히 놀라웠다. 전통춤 따위와는 차원이 달랐다. 알고 보니 이건 대단한 숙련이 필요한 일이라, 웬만해서는 이렇게 척척 호흡을 맞출 수 없다고 했다. 특히 노래를 부르며 북을 치는 북재비 역할이 가장 어려워 보였다. 서른 명의 발놀림도 손짓도, 허리를 굽히는 동작까지도 북재비가 잡아주는 박자 하나에 달려 있다고 했다. 보기엔 "이야아, 하아아" 하고 노래나 하는 북재비가 가장 한가하게 보였는데, 실제로는 막중한 책임을 짊어지고 있어 굉장히 고된 역할이라는 게 무척 의외였다.

  고슴도치와 내가 넋을 잃고 춤을 바라보고 있을 때였다. 50미터쯤 떨어진 곳에서 갑자기 "와!" 하고 함성이 터지더니 지금까지 평화롭게 구경하던 사람들이 순식간에 파도처럼 요동치기 시작했다. "싸움이다! 싸움!"이라는 소리가 들리는가 싶더니 인파를 헤치고 빨간 셔츠의 동생이 나타나 말했다.

"선생님! 또 싸움이 났어요! 우리 학교 애들이 아침 일을 되갚아준다며 사범학교 학생들하고 한판 붙었어요. 빨리 와 주세요!"

그러고는 사람들 사이로 사라졌다.

"또 사고를 쳤군. 적당히 좀 하지……."

고슴도치는 사람들 틈을 비집고 쏜살같이 뛰어갔다. 구경만 하고 있을 수는 없으니, 말리러 가는 것이다. 나도 물론 도망칠 생각은 없었다. 고슴도치를 바짝 뒤쫓으며 서둘러 현장에 도착했다. 싸움은 거의 절정에 달해 있었다. 사범학교 쪽은 대략 오륙십 명, 우리 학교 학생은 그보다 삼 할쯤 더 많아 보였다. 사범학교 학생들은 교복 차림이었고, 우리 학교는 기념식 이후 대부분 평상복으로 갈아입어, 누가 누구 편인지 한눈에 파악되었다. 하지만 마구 뒤엉켜 싸우고 있는 통에 어디서 어떻게 말려야 할지 도저히 가늠이 안 됐다. 고슴도치는 난감하다는 얼굴로 한동안 이 난장판을 지켜보다가 나를 보며 말했다.

"이렇게 된 이상 어쩔 수 없군. 경찰이라도 오면 더 골치 아파지니까 그냥 뜯어말리자고."

나는 대답도 안 하고, 가장 격렬한 싸움판으로 바로 뛰어들었다.

"그만둬! 이렇게 마구잡이로 싸워대면 학교 체면이 뭐가 돼! 당장 멈춰!"

나는 목청껏 소리 지르며 양쪽 무리의 경계선을 뚫어보려 했지만 쉽지 않았다. 두세 걸음 들어갔을 뿐인데, 나아가지도 물러서지도 못하는 신세가 되어버렸다. 눈앞에 덩치가 꽤 큰 사범학교 학생이 우리 학교 학생과 몸싸움을 벌이고 있었다. "그만둬!" 하고 소리치며 사범학교 학생의 어깨를 붙잡고 억지로 떼어놓으려는 순간, 누군가가 내 다리를 획 걸었다. 기습을 당해 나는 학생의 어깨를 놓치며 옆으로 나가떨어졌다. 딱딱한 신발을 신은 놈이 내 등을 밟고 올라탔다. 양손과 무릎으로 바닥을 짚은 채 아래서 튀어 오르자, 내 등에 올라타 있던 녀석이 오른쪽으로 나동그라졌다. 몸을 일으켜보니, 5미터쯤 떨어진 곳에서 고슴도치가 거구의 학생들 틈에 낀 채로 "멈추라니까! 싸우지 마!" 하며 이리저리 떠밀리고 있었다.

"선생님, 이거 도저히 안 되겠는데요!"

나는 고슴도치를 향해 소리쳤지만, 그는 안 들리는지 아무 대답도 없었다.

그때 획, 하고 바람을 가르며 날아온 돌멩이가 내 광대뼈를 정통으로 후려치는가 싶더니, 뒤쪽에서 누군가가 내 등을 몽둥이로 내리쳤다.

"선생 주제에 어딜 나서. 때려! 때려!" 하더니 "선생은 둘이야. 한 놈은 크고, 한 놈은 작아. 돌 던져!" 하는 소리까지 들려왔다.

"이런 건방진 새끼들을 봤나! 촌것들이 어디서 까불어!"

나는 이렇게 외치며 옆에 있던 사범학교 학생의 머리를 냅다 후려갈겼다. 돌이 또 획 날아왔다. 이번에는 내 머리를 스치고 뒤쪽으로 날아갔다. 고슴도치는 어떻게 된 일인지 보이지도 않았다. 이렇게 된 이상 체면이고 뭐고 없다. 처음에는 싸움을 말리려고 나섰던 거지만, 두들겨 맞고 돌까지 얻어맞은 마당에 겁먹고 물러설 순 없었다. 이것들이 나를 뭘로 보고! 키는 작아도 싸움판에서 단련된 형님이다 이거야! 정신없이 뒤엉켜 치고받고 있는데 "경찰이다! 튀어!" 하는 소리가 들려왔다. 지금까지 끈적한 풀죽에 빠진 것처럼 절대로 빠져나올 수 없던 아수라장이 순식간에 텅 비고, 양쪽 패거리가 한꺼번에 달아나고 없었다. 촌놈들치고 도망치는 거 하나는 끝내줬다. 크로파트킨 장군* 뺨쳤다.

고슴도치는 어떤가 보니, 옷이 갈가리 찢긴 채 저쪽에서 코피를 닦고 있었다. 코를 세게 얻어맞아 피가 많이 난 모양이었다. 코가 새빨갛게 퉁퉁 부어 꼴이 아주 말이 아니었다.

---

* 러일전쟁(1904~1905) 때 만주군 총사령관을 맡았던 인물. 전투는 제대로 하지 못하고 퇴각만 잘한다는 이미지로, 당대에도 많은 비웃음거리가 됐다.

나는 겹옷 차림이라 흙투성이야 됐지만, 고슴도치처럼 처참하진 않았다. 그런데 볼이 욱신욱신했다.

경찰이 열대여섯 명쯤 왔지만, 학생들은 모두 반대 방향으로 도망친 뒤라 붙잡힌 건 나와 고슴도치 둘뿐이었다. 우리는 이름을 밝히고 어떻게 된 건지 설명했지만, 일단 경찰서까지 가야 한다기에, 경찰 서장 앞에서 자초지종을 털어놓은 후에야 숙소로 돌아올 수 있었다.

11

다음 날 눈을 뜨자 온몸이 쑤셔서 견딜 수가 없었다. 한동안 싸움을 안 해서 그런가 보다.

'이래서야 싸움 좀 한다고 큰소리도 못 치겠네.'

이불 속에서 이런 생각을 하고 있는데, 할머니가 시코쿠 신문을 가져와 내 머리맡에 두고 갔다. 솔직히 신문 볼 기운도 없었지만, 사나이가 이깟 일에 골골대면 쓰겠냐 싶어 억지로 엎드려 신문을 펼쳐봤다가 깜짝 놀랐다. 어제 벌어진 싸움이 기사로 나와 있었다. 싸움이 신문에 난 건 별로 놀랍지 않았다. 그런데 중학교 홋타 모 씨와 최근 도쿄에서 부임해 온 건방진 모 선생이 착한 학생들을 선동해 소동을 일으켰다는 것도 모자라, 현장에서 직접 학생들을 지휘하여 사범 학생들에게 폭력을 행사했다고 쓰여 있었다. 이어서 이런 논평이 덧붙여져 있었다.

우리 현의 중학교는 예로부터 착하고 온화한 기풍으로 전국의 선망을 받아왔으나, 경박한 두 선생 때문에 우리 지역 학교의 명예가 훼손되고 말았으니 우리는 분연히 일어나 두 선생에게 그 책임을 묻지 않을 수 없다.

우리는 믿어 의심치 않는다. 우리가 직접 나서기 전에 당국이 이 무뢰배들에게 걸맞은 처분을 내려, 다시는 교육계에 발붙이지 못하게 하리라는 것을.

게다가 글자마다 까만 점을 찍어놓은 탓에 흡사 글자에다 뜸이라도 떠놓은 것 같았다. 나는 이불 속에서 '똥이나 처먹어라' 하고 중얼거리며 벌떡 일어났다. 신기하게도 방금 전까지 그렇게 쑤시던 온 삭신이 씻은 듯 가벼워졌다.

나는 신문을 돌돌 말아 마당에 내던졌지만, 그걸로는 분이 풀리질 않아 기어이 변소까지 들고 가서 처박아버렸다. 신문이란 어차피 터무니없는 거짓말로 가득하다. 세상에 신문만큼 허풍을 떠는 것도 없을 것이다. 내가 해야 할 말을 전부 저쪽에서 떠들어대고 있다. 게다가 최근 도쿄에서 부임해 온 건방진 모 선생이란다. 세상천지에 모 씨라는 이름도 있나? 생각 좀 해라. 이래 봬도 제대로 된 성과 이름이 있다. 족보를 대라면, 다다 만쥬* 이래 이후의 조상을 싹 다 보

---

* 일본 헤이안 시대 중기의 무장인 다다 만나카(多田満仲, 912~997)를 가리킨다. 여기서는 '만나카'를 찐빵을 뜻하는 '만쥬'로 장난스럽게 비튼 표현이다.

여주마. 세수를 했더니 볼이 갑자기 욱신거렸다. 할머니한테 거울 좀 빌리자고 하니까 오늘 아침 신문을 봤냐고 물어왔다. 읽고서 변소에 던져버렸는데, 원하면 다시 주워다 주겠다고 하자 깜짝 놀라며 물러섰다. 거울을 들여다보니 얼굴에 어제처럼 상처가 나 있었다. 이렇게 소중한 얼굴에 상처를 입힌 것도 모자라 건방진 모 선생이라니, 아주 진절머리가 났다.

신문 기사에 질려서 학교를 쉬었다고 소문이라도 나면 평생 망신이니, 밥을 먹고 제일 먼저 학교에 갔다. 마주치는 놈들마다 내 얼굴을 보고 킥킥댔다. 대체 뭐가 웃긴데, 네놈들이 만들어준 얼굴도 아니면서. 그러다 광대가 나타나 송별회 때 내가 때린 걸 되갚으려는 듯 얄밉게 빈정거렸다.

"이야, 어제는 엄청난 활약을 하셨던데요? 참으로 명예로운 부상이 아닙니까?"

나는 쓸데없는 소리 말고 가서 붓이나 핥으라고 쏘아붙였다.

"아이쿠, 이거 송구하게 됐습니다. 그래도 많이 아프겠는데요."

"아프든 말든 내 얼굴이거든요. 신경 끄시죠."

내가 고함을 지르자, 광대는 건너편 자기 자리로 돌아가서는 내 얼굴을 힐끔거리며 옆자리 역사 선생과 수근대며 낄낄거렸다.

이윽고 고슴도치가 등장했다. 코가 보랏빛으로 부풀어 올라 금방이라도 고름이 흘러나올 것 같았다. 자만한 탓인지 내 얼굴보다 훨씬 더 처참히 망가져 있었다. 고슴도치와 나는 책상을 나란히 두고 앉아 있는데, 하필이면 그 책상이 교무실 입구가 정면으로 보이는 곳이었다. 이상한 몰골 둘이 꼭 붙어 있으니, 다들 심심하면 한 번씩 흘끔흘끔 쳐다봤다. 겉으로는 걱정하는 척하지만, 속으로는 분명 바보 같은 놈들이라며 깔볼 것이다. 그게 아니고서야 저렇게 쑥덕거리면서 낄낄댈 리가 없다. 교실에 들어서자 학생들이 박수로 환영했다. "선생님 만세!"를 외치는 녀석들도 두세 명 있었다. 진짜 환영하는 건지 바보 취급하는 건지 도저히 알 수가 없다. 나와 고슴도치가 이렇게 부담스러운 시선을 한몸에 받고 있을 때, 빨간 셔츠가 평소처럼 다가와 반쯤 사과 조로 말을 건넸다.

"대체 이게 무슨 일인가. 내가 다 몸 둘 바를 모르겠군. 신문 기사 문제는 교장 선생님과 의논해서 정정 요청을 해두었으니 안심하게. 내 동생이 홋타 선생을 불러내는 통에 이런 일이 벌어져 나도 정말 미안한 마음이야. 이 일은 끝까지 책임지고 처리할 생각이니 부디 넓은 아량으로 이해해주게."

교장 선생님은 3교시에 교장실에서 나와 신문에 불미스러운 기사가 실렸다고 했다. 문제가 복잡하게 번지지 않았으면 좋겠다면서 다소 걱정하는 기색을 보였다. 나야 걱정할 게 없다. 파면당하면 그 전에 사표를 내버리면 그만이니까. 하지만 잘못한 것도 없는 내가 먼저 물러나면 허풍 떠는 신문사 놈들만 더 기고만장해질 테니, 기사를 바로잡게 하는 건 물론, 나도 끝까지 버티는 게 옳다고 생각했다. 돌아가는 길에 신문사에 따지러 갈까 했지만, 학교에서 정정 요청을 했다고 해서 일단 참았다.

나와 고슴도치는 교장과 교감에게 그날의 자초지종을 있는 그대로 설명했다. 교장과 교감은 그렇겠지, 하면서 신문사가 학교에 악감정을 품고 저런 기사를 내보낸 거라고 확신했다. 빨간 셔츠는 교무실을 돌아다니며 선생들에게 일일이 우리를 변호하는 듯한 말을 늘어놓았다. 특히 자기 동생이 고슴도치를 불러낸 일을 마치 자신의 잘못인 양 호소하고 다녔다. 그랬더니 모두들 신문사가 문제라며 정말 제대로 봉변을 당했다고 말했다.

"빨간 셔츠, 아무래도 수상한 냄새가 나. 방심했다간 또 당하겠어."

귀갓길에 고슴도치가 경고했다.

"어차피 처음부터 구린 놈이었는데요, 뭘."

"자네, 아직도 모르겠어? 어제 일부러 우리를 꾀어내서 싸움판에 끌어들인 거잖아."

과연 나는 거기까진 미처 생각지 못했다. 고슴도치가 성격은 거칠어 보여도 나보다 훨씬 현명한 것 같아 감탄했다.

"일부러 싸움을 붙여놓고 신문사에 손을 써서 기사를 내게 한 거야. 진짜 영악한 놈이지."

"신문사까지 빨간 셔츠와 한 패라고요? 그건 진짜 놀랍네요. 그래도 신문사가 그렇게 쉽게 빨간 셔츠의 말을 들어줬을까요?"

"신문사에 친구만 있다면야 식은 죽 먹기지."

"신문사에 친구가 있어요?"

"없어도 상관없지. 거짓말을 그럴듯하게 늘어놓기만 해도 신문은 바로 받아 적으니까."

"진짜 기가 막히네요. 정말 빨간 셔츠의 계략이 맞다면 우리는 이번 일로 잘릴지도 모르겠네요."

"여차하면 당하는 거야."

"그럼 전 내일 당장 사직서 내고 도쿄로 돌아갈래요. 이런 천박한 곳에 붙어 있고 싶지 않아요."

"자네가 사직서를 내봤자, 빨간 셔츠는 눈 하나 깜짝하지 않을 거야."

"그것도 그렇네요. 어떻게 해야 궁지에 몰아넣을 수 있을까요?"

"저런 간사한 놈은 무슨 일을 해도 증거를 남기지 않아서 말이야, 반격이 어렵지."

"골치 아프네요. 이러다 누명까지 뒤집어쓰게 생겼네요.

진짜 웃기지도 않네. 하늘은 저런 놈 안 잡아가고 뭐 하나."

"뭐, 이삼일 정도만 지켜보자고. 그리고 온천 거리에서 덮치는 거야."

"싸움 사건은 그냥 두고요?"

"그래. 우리는 우리 식으로 약점을 잡는 거야."

"그것도 괜찮네요. 난 머리 굴리는 건 젬병이니까 시키는 건 뭐든 할게요."

고슴도치와 나는 이렇게 각자 집으로 돌아갔다. 빨간 셔츠가 진짜 고슴도치의 예상대로 움직였다면 정말로 쓰레기 같은 놈이다. 도저히 두뇌 싸움으로는 이길 수 없는 녀석이다. 아무래도 힘으로 밀어붙여야 할 모양이다. 세상에 전쟁이 끊이지 않는 이유를 이제야 알겠다. 개인끼리도 결국은 주먹질이다.

다음 날, 신문이 오자마자 펼쳐봤지만, 정정 보도는커녕 오보 안내도 전혀 없었다. 학교에 가서 너구리를 닦달하자, 내일쯤 나올 거라고 했다. 그다음 날, 6호 활자로 조그맣게 그 기사를 취소한다는 기사가 나왔다. 하지만 신문사 측이 실수했다는 내용은 없었다. 다시 교장을 찾아가 따졌지만, 그 이상 할 수 있는 절차는 없다고 했다. 교장은 너구리 같은 얼굴로 괜히 폼만 잡고 있지 의외로 힘이 없는 모양이다. 허위 기사를 낸 촌구석 신문 하나 어떻게 하지 못하다니 한심하다. 화가 머리끝까지 나서 내가 직접 가서 담판을 짓겠다고 하자, 내가 나서면 또 악의적인 기사를 쓸 거라며 안 된다고 말렸다. 결국 신문에 실린 이상, 거짓이든 진실이든 손쓸 방법이 없다는 것이다.

"그만 체념할 수밖에 없어요."

너구리는 스님 설법 같은 훈계를 덧붙였다. 신문이 그딴 거라면, 하루라도 빨리 박살 내는 게 우리에게는 좋을 것이다. 신문에 걸려드나 자라한테 물리나 별반 다를 게 없다는 사실을 오늘 너구리의 설명을 듣고서야 비로소 알았다.

그로부터 사흘쯤 지난 어느 날 오후, 고슴도치가 씩씩대며 찾아왔다.

"드디어 때가 왔어, 전에 말한 계획을 단행하자."

그래서 나도 망설임 없이 바로 합류했다. 그런데 고슴도치가 고개를 갸웃하며 말했다.

"자네는 빠지는 게 좋겠어."

"왜요?"

"교장이 자네를 불러 사직서를 내라고 했나?"

"아뇨, 선생님은요?"

"오늘 교장실로 불려갔는데, 미안하지만 사직서를 내줘야겠다고 하더군."

"아니, 그런 법이 어딨어요? 정신이 나갔나. 선생님과 나는 승전 기념일에서 같이 고치 춤을 보다 싸움을 말리러 간 거잖아요. 사직서를 내라고 할 거면 공평하게 둘 다 내라고 해야지. 시골 학교는 도무지 상식이 통하질 않네요. 진짜 돌겠네."

"그게 빨간 셔츠의 계략이었던 거지. 나하고 빨간 셔츠는 도저히 같이 있을 수 없는 사이지만, 자네는 그냥 놔둬도 해가 안 된다고 생각한 거지."

"나도 빨간 셔츠랑은 같이 있을 수 없는데요. 해가 안 된다고 생각하다니 건방지기 짝이 없네."

"자넨 워낙 단순하니까 그냥 둬도 어떻게든 속여 넘길 수 있다고 얕본 거지."

"그건 더 기분 더러운데요. 누가 같이 있고 싶댔나?"

"그리고 고가 선생이 떠난 뒤로 개인 사정 때문에 아직 후임이 못 왔잖아. 그런 마당에 우리 둘을 한꺼번에 내쫓으면 수업에 차질이 생기니까."

"나더러 땜빵이나 하라는 거네요. 썩을 놈, 누가 그 수작질에 놀아날 줄 알고?"

이튿날, 나는 학교에 가자마자 교장실로 쳐들어가 따졌다.

"왜 저한테는 사직서 내라고 안 하십니까?"

"예……?"

너구리는 얼떨떨한 얼굴이었다.

"홋타 선생한테는 사직서를 내라고 했으면서 왜 저한테는 내란 소리를 안 하시냐는 거예요."

"그건 학교 사정으로……."

"그 사정이 잘못됐단 겁니다. 제가 안 내도 된다면, 홋타 선생도 낼 필요 없잖습니까."

"그 부분은 설명하기 어려운데, ……홋타 선생이 떠나는 건 불가피하지만, 선생님이 굳이 사직서를 낼 필요는 없다는 게 내 판단이에요."

역시 너구리다. 알 수 없는 말을 늘어놓고선 혼자서 태연했다. 나는 솔직히 말했다.

"그럼 저도 사직서를 내겠습니다. 홋타 선생이 나가는 마당에 제가 어떻게 편히 있겠습니까? 전 그렇게 몰인정한 짓은 못 합니다."

"그건 좀 곤란해요. 선생님까지 나가면 수학 수업이 돌아가질 않아요……."

"그건 제가 신경 쓸 일이 아닙니다."

"선생님, 그렇게 고집만 부리지 말고, 학교 사정도 좀 고려해주세요. 게다가 부임한 지 이제 한 달도 안 됐는데 사직서를 내면 선생님 경력에도 좋을 게 없어요. 그런 부분도 좀 생각해야 하지 않을까요."

"경력 같은 건 상관없습니다. 전 이력보다 의리가 더 중요해서요."

"다 맞는 말이에요. 다만 학교 사정도 좀 봐주세요. 꼭 그만두겠다면 어쩔 수 없지만, 다른 선생님이 올 때까지만이라도 계속 맡아주십시오. 오늘은 집에 돌아가서 아무쪼록 다시 잘 생각해보세요."

다시 생각하라니, 애초에 다시 생각할 필요도 없는, 너무나 명백한 이유가 있다. 그래도 너구리가 얼굴이 파래졌다 붉어졌다 하는 걸 보니 좀 안쓰러워서 일단 물러나긴 했다. 빨간 셔츠한테는 아무 말도 하지 않았다. 어차피 혼내줄 거면 제대로 한꺼번에 끝장을 보는 게 낫다. 고슴도치에게 너구리와 나눈 얘기를 들려줬다.

"역시 그렇게 말할 줄 알았어. 사직서 건은 일단 그냥 둬 봐."

나는 그러겠다고 했다. 아무래도 고슴도치가 나보다는 더 똑똑한 것 같아서 고슴도치의 말을 따르기로 했다.

고슴도치는 결국 사직서를 내고 모두에게 작별 인사를 한 뒤, 항구에 있는 미나토야까지 내려간 척하고선, 아무도 모르게 다시 되돌아와 온천 거리의 마스야 2층에 숨어들어, 창호지에 구멍을 뚫고 바깥 상황을 엿보기 시작했다. 이 사실을 아는 사람은 오직 나뿐이었다. 빨간 셔츠는 분명 밤에 움직일 것이다. 게다가 초저녁엔 학생이나 다른 사람들 눈도 있으니 밤 9시는 넘겨야지 올 것이다. 처음 이틀 밤은 나도 11시까지 꼼짝 않고 지켜봤지만, 빨간 셔츠는 그림자도 내비치지 않았다. 셋째 날에도 9시부터 10시 반까지 지켜봤지만 헛수고였다. 허탕 치고 한밤중에 하숙집으로 돌아오는 일만큼 바보 같은 짓도 없었다. 닷새쯤 지나자 하숙집 할머니가 슬슬 걱정되기 시작했는지, 부인도 있는 사람이 그렇게 밤마실을 다니면 못쓴다고 충고했다. 물론 그런 밤마실이 아니다. 이건 하늘을 대신해 천벌을 내리기 위한 정의의 밤마실이다. 하지만 그렇다고 해도 일주일이나 매일같이 들락거려도 아무런 성과가 없으니 나도 슬슬 지치기 시작했다. 나는 성질이 급해서 뭔가에 꽂히면 밤새워서라도 달려들긴 하지만, 대신 뭐든 오래간 적은 없었다. 제아무리 천벌을 내리는 정의의 사도라도 질리는 건 어쩔 수 없다. 엿새째는 지겨워졌고, 이레째는 다 때려치울까 싶기도 했다. 그런 점에서 보면 고슴도치는 지독했다. 저녁부터 자정이 훌쩍 넘도록 문구멍에 딱 달라붙어 가도야의 가스등 아래만 뚫어지게 노려봤다. 내가 들어서자, 오늘 손님은 몇 명이고, 묵고 있는 사람은 몇이고, 여자 손님은 몇 명인지까지 줄줄이 꿰고 있어서 깜짝 놀랐다.

"아무래도 안 올 것 같은데요."

"아니, 분명히 올 거야."

고슴도치는 팔짱을 끼고선 한숨을 푹 내쉬었다. 가엾게도 만약 빨간 셔츠가 이대로 나타나지 않는다면, 고슴도치는 평생 천벌을 못 내리고 끝나는 거다.

여드레째에는 7시쯤 하숙집을 나와 느긋하게 온천을 즐

긴 뒤, 거리에서 날달걀 여덟 알을 샀다. 이건 하숙집 할머니의 감자 공세에 대한 내 나름의 대책이었다. 달걀을 네 알씩 양쪽 소매에 나눠 넣고, 빨간 수건을 어깨에 툭 걸친 채, 마스야의 계단을 올라가 문을 열었더니, 고슴도치가 활기찬 모습으로 말했다.

"됐다, 됐어!"

어젯밤까지만 해도 완전히 풀이 죽어 있어서, 곁에서 보는 나까지 기분이 가라앉을 지경이었는데, 그 표정을 보니까 덩달아 들뜬 나머지, 무슨 말인지 듣기도 전에 "좋네요, 좋아!" 하고 나는 소리쳤다.

"아까 7시 반쯤에 그 고스즈라는 게이샤가 가도야로 들어갔어."

"빨간 셔츠랑 같이요?"

"아니."

"그럼 소용없잖아요."

"게이샤 둘이 들어갔는데, 아무래도 뭐 하나는 걸릴 듯싶은데."

"뭐가요?"

"뭐긴, 교활한 놈이니까, 게이샤를 먼저 들여보내 놓고 자기는 나중에 슬쩍 들어가려는 심산이겠지."

"그럴지도 모르죠. 근데 벌써 9시예요."

"지금 정확히 9시 12분이군."

고슴도치는 허리춤에서 니켈 시계를 꺼내 보며 말했다.

"어이, 불 꺼. 창문에 머리 두 개가 비치면 수상하잖아. 간사한 놈이라 바로 눈치챌 수도 있어."

나는 탁자 위에 놓인 램프를 훅 불어 꺼뜨렸다. 별빛이 비치는 창문만 조금 밝았다. 나와 고슴도치는 창에다 얼굴을 들이대고 숨을 죽였다.

챙, 하고 괘종시계가 9시 반을 알렸다.

"아, 진짜 올까요? 오늘 밤도 안 나타나면 더는 못 할 것 같은데."

"난 돈 떨어질 때까지 할 거야."

"돈이 얼마나 있는데요?"

"일단 오늘까지 팔 일 치 5엔 60전 냈어. 언제 뛰쳐나가도 문제없도록 날마다 정산하고 있지."

"준비성이 철저하네요. 여관에서 놀라겠어요."

"여관은 그렇다 쳐도, 긴장을 놓을 수 없어서 힘드네."

"대신 낮잠을 자잖아요."

"낮잠이야 자지. 근데 나갈 수가 없으니 갑갑해서 미치겠어."

"천벌 내리는 것도 뼈 빠지는 일이네요. 이러다 놓치면 진짜 어이없을 것 같은데."

"오늘 밤은 무슨 일이 있어도 올 거야. …어이, 봐, 봐!"

고슴도치가 갑자기 목소리를 낮추는 바람에 심장이 내려

앉았다. 검은 모자를 쓴 남자가 가도야의 등불을 올려다보며 어둠 속으로 사라졌다. 아, 다른 놈이다. 오늘도 다 틀렸다고 생각했다. 그러는 사이 프런트 쪽 시계가 10시를 알렸다. 오늘 밤도 종친 모양이다.

주위에 정적이 흘렀다. 유곽에서 울리는 북소리가 또렷하게 들렸다. 달이 온천이 있는 산 뒤편에서 스르륵 얼굴을 내밀었다. 거리가 환해졌다. 그때 아래쪽에서 사람 소리가 들려왔다. 창밖으로 고개를 내밀 순 없으니, 누군지 확인은 못 했지만, 소리는 점점 더 가까워지고 있었다. 또각또각, 나막신 소리가 울려 퍼졌다. 슬쩍 옆으로 눈을 돌리자, 어슴푸레한 두 그림자가 바로 앞까지 다가와 있었다.

"자, 이젠 걱정 마세요. 성가신 놈을 치워버렸으니까요."

틀림없이 광대의 목소리였다.

"대책은 없으면서 강한 척만 해대니 별수 있나."

이건 빨간 셔츠의 목소리였다.

"그놈도 정말 멍청하죠. 그래도 그 멍청한 도련님은 의리가 있어서 귀여워요."

"월급을 올려준대도 싫다고 하질 않나, 사직서를 쓴다질 않나, 아무래도 제정신은 아니야."

나는 창문을 열고 2층에서 뛰어내려 혼쭐을 내주고 싶은 걸 가까스로 참아냈다. 두 놈은 하하하하, 웃으면서 가스등 아래를 지나 가도야 안으로 들어갔다.

"어이!"

"선생님!"

"떴다!"

"드디어 떴네요."

"이제 됐어."

"광대, 이 미친놈이 감히 나를 멍청한 도련님이라 했겠다."

"성가신 놈은 나를 두고 한 말이겠지. 이런 무례한 놈 같으니."

나랑 고슴도치는 두 놈이 나오는 순간을 덮쳐야 했다. 하지만 언제 나올지 알 수가 없었다. 고슴도치는 아래층으로 내려가, 오늘 밤에 혹시 외출할지도 모르니까 문 좀 열어두라고 부탁하고 왔다. 지금 생각해보면, 여관 주인이 그런 부탁을 쉽게 받아준 것도 신기하다. 보통은 도둑이라고 오해받을 만한데 말이다.

빨간 셔츠가 나타나기를 기다리는 것도 괴로웠지만, 이렇게 밖으로 나오기만을 기다리는 것도 고역이었다. 자지도 못하고 문구멍으로 하릴없이 지켜보는 건 진짜 못 할 짓이었다. 게다가 마음이 도무지 진정되지 않았다. 이런 고생은 생전 처음이었다.

"차라리 가도야에 쳐들어가 현장을 덮치죠?"

내가 제안했지만 고슴도치는 단칼에 거절했다.

"지금 들어가봤자 무단침입자로 몰려서 중간에서 막히고 말 거야. 사정을 설명하고 면회를 요청해도, 없다며 피해버리거나 슬쩍 딴 방으로 데려가버리겠지. 막무가내로 들이닥친다 한들 수십 개나 되는 방 가운데 어디에 있는지 어떻게 알아? 지켜봐도 나올 때까지 기다릴 수밖에 없어."

결국 나는 이를 악물고 새벽 5시까지 버텼다.

마침내 가도야에서 나오는 두 사람의 그림자를 보자마자, 나와 고슴도치는 곧장 뒤를 쫓았다. 첫 기차가 아직 다니지 않으니, 두 사람은 성 아래까지 걸어가야만 한다. 온천 거리를 벗어나면 100미터쯤 되는 삼나무 가로수 길이 이어지고 양옆으로는 논이 펼쳐졌다. 그 길을 지나면 군데군데 초가집이 나오고, 밭 사이를 곧게 가로지르는 둑방길이 성 아래까지 이어진다. 거리만 빠져나오면 어디서 덮쳐도 상관없지만, 가능하면 사람이 없는 가로수 길에서 붙잡으려고 우리는 들키지 않게 뒤를 밟았다. 그러다가 거리 밖으로 벗어나자마자 곧장 번개처럼 뒤따라 잡았다.

"거기 서!"

고슴도치가 이렇게 소리치며 깜짝 놀라 돌아보는 녀석의 어깨를 붙잡았다. 광대는 어쩔 줄 몰라 하며 도망치려 했지만, 내가 잽싸게 막아섰다.

"교감씩이나 되는 사람이 대체 왜 가도야에서 자고 나오는 거지?"

고슴도치가 따지듯 몰아붙였다.

"교감은 가도야에서 자면 안 된다는 규칙이라도 있던가?"

빨간 셔츠는 여전히 공손한 어투로 말했으나, 낯빛은 조금 파랗게 질려 있었다.

"선생으로서 메밀국숫집과 떡집에도 가지 말라고 했던 사람이 어째서 게이샤와 함께 여관에서 묵었냐는 거야."

광대는 틈만 나면 도망치려 해서 나는 계속해서 앞을 가로막으며 고함을 쳤다.

"뭐, 멍청한 도련님이 어쩌고 저째?"

"아뇨, 선생님이 그렇다는 게 아니라요, 절대로 아니에요."

광대는 구차하게 변명을 늘어놓았다. 그 순간, 내가 두 손으로 양쪽 소매를 움켜쥐고 있다는 걸 퍼뜩 깨달았다. 쫓아갈 때 소매 속 달걀이 신경 쓰여서 두 손으로 소매를 꼭 쥔 것이다. 나는 얼른 소매에서 달걀 두 알을 꺼내, 기합을 내지르며 광대의 면상에 냅다 던져버렸다. 달걀이 퍽, 하고 깨지며 광대의 코끝에서 노른자가 줄줄 흘러내렸다. 광대는 혼비백산하며 아악, 소리를 내지르며 엉덩방아를 찧고는 살려달라고 애원했다. 난 달걀을 먹으려고 샀지, 이렇게 남의 얼굴에 던지려고 소매 속에 넣은 건 아니었다. 순간 너무 열이 받아서 무심코 던져버린 것이다. 그런데 광대가 주저앉을 걸 보니 제대로 한 방 먹였다는 생각에 "야, 이 자식, 너도 당해봐라!" 하면서 남은 달걀 여섯 알도 마구잡이로 던졌더니 광대의 얼굴이 순식간에 노랗게 물들었다. 내가 달걀을 던지고 있는 동안, 고슴도치와 빨간 셔츠는 여전히 말싸움 중이었다.

"내가 게이샤랑 여관에서 잤다는 증거라도 있어?"

"저녁에 네놈이랑 어울리는 게이샤가 가도야에 들어가는 모습을 똑똑히 봤거든! 변명할 생각 마!"

"딱히 변명할 것도 없는데. 요시카와랑 둘이서 잤으니까. 게이샤가 왔든 말든 그건 나랑 상관없고."

"닥쳐!"

고슴도치가 주먹을 날렸다. 빨간 셔츠는 비틀거리면서 외쳤다.

"이건 폭력이잖아! 시비도 가리지 않고 주먹부터 쓰는 건 불법이지!"

"불법이면 어때?"

고슴도치는 또 한 방 날렸다.

"너처럼 간사한 놈들은 맞아야 정신을 차리지!"

그러고는 계속해서 주먹질을 퍼부었다. 나도 광대를 실컷 두들겨 팼다. 결국 빨간 셔츠와 광대는 삼나무 밑에 주저앉은 채 얼이 빠졌는지 도망치려 하지도 않았다.

"이제 됐냐? 모자라면 더 갈겨줘?"

고슴도치가 이렇게 말하며 두 사람을 동시에 후려갈기자

빨간 셔츠가 이제 됐다고 대답했다. 광대한테도 "너도 이제 됐냐?"라고 묻자 "당연히 됐죠" 하고 대답했다.

"네놈들은 간사한 놈들이니까 이렇게 천벌을 받아야 해. 이번 일을 거울삼아 반성하고 앞으로는 조심해라. 아무리 말로 둘러댄들, 정의는 절대 용서하지 않아!"

고슴도치가 일침을 놔도 두 사람은 아무런 대꾸도 하지 않았다. 어쩌면 대꾸하는 것마저도 번거롭게 느꼈는지도 모른다.

"난 도망치지도 숨지도 않아. 오늘 저녁 5시까지 항구 여관에 있을 테니, 용건 있으면 경찰을 달고 오든 알아서 해."

고슴도치가 이렇게 말하길래 나도 똑같이 따라 했다.

"나도 도망치지도 숨지도 않아. 홋타 선생이랑 같이 대기하고 있을 테니까 경찰에 신고하든 알아서 해."

우리는 이 말을 남기고 성큼성큼 걸어갔다.

내가 하숙집으로 돌아온 건 7시가 조금 안 돼서였다. 방에 들어서자마자 짐을 싸기 시작하자, 할머니가 놀라서 무슨 일이냐고 물었다.

"도쿄에 가서 아내를 데려오려고요."

나는 이렇게 말하고서 하숙비 계산을 마친 뒤, 서둘러 기차를 타고 항구 여관으로 향했다. 도착해보니 고슴도치는 2층에서 쿨쿨 자고 있었다. 나는 곧바로 사직서를 쓰려고 했지만, 뭐라고 써야 할지 몰라서 "개인 사정으로 도쿄로 돌아가게 되었사오니, 부디 양해 바랍니다"라고 적은 뒤, 교장 앞으로 보냈다.

배는 저녁 6시에 출항할 예정이었다. 고슴도치도 나도 너무 피곤해서 곯아떨어졌다. 눈을 떴더니 어느새 오후 2시였다. 여관 하녀에게 경찰이 오지 않았느냐고 묻자, 오지 않았다고 했다. 우리는 둘 다 신고하지 않은 모양이라고 말하며 큰 소리로 웃었다.

그날 밤, 나와 고슴도치는 그 더러운 땅을 떠났다. 배가 땅에서 멀어질수록 기분이 좋아졌다. 고베에서 도쿄까지는 직행이라서 곧장 신바시에 도착했을 때는, 겨우 세상으로 풀려난 기분이었다. 고슴도치와는 그렇게 헤어지고 나서 지금껏 한 번도 만나지 않았다.

아, 기요 얘기하는 걸 깜빡했다. 나는 도쿄에 오자마자 살 집도 정하지 않고, 가방을 든 채 곧장 기요가 있는 집으로 달려갔다.

"기요, 나 왔어!"
"아, 도련님, 이렇게 빨리 돌아와주다니……."

기요는 이렇게 말하며 눈물을 뚝뚝 흘렸다. 나는 너무 기뻐서 다시는 시골로 돌아가지 않고, 도쿄에서 기요랑 같이 살겠다고 말했다.

그 후, 나는 누군가의 소개로 도쿄 전철 회사의 기사가 되었다. 월급은 25엔, 집세는 6엔이었다. 기요는 현관 딸린 집이 아니라도 무척이나 만족스러워했다. 그러나 안타깝게도 올해 2월, 폐렴으로 세상을 떠나고 말았다.

기요는 죽기 하루 전, 나를 불러 이렇게 부탁했다.

"도련님……, 내가 죽거든 도련님댁을 모신 절에 묻어주세요. 무덤 속에서 도련님이 오기를 기다리고 있을게요……."

그래서 기요의 무덤은 고비나타의 요겐지 절에 있다.

역자 후기

도련님, 웃음과 갈등 속에 성장하다

　나쓰메 소세키의 《도련님》은 1906년에 발표된 작품으로, 일본 근대문학을 대표하는 걸작이다. 유학과 교수직을 거쳐 작가로 전향한 소세키는, 인간 내면의 고독과 자아의 균열을 독특한 유머와 함께 풀어내며 일본 문학사에 지대한 영향을 남겼다. 그는 서구 문명과 일본 전통이 충돌하던 메이지 시대를 배경으로, 급변하는 사회 속에서 흔들리는 인간상을 섬세하게 포착해냈다. 《도련님》은 그가 본격적으로 작가로서 자리 잡기 시작하던 시기에 발표된 작품으로, 소세키 문학 세계의 중요한 출발점이라 할 수 있다.

　이 작품의 주인공인 '도련님'은 도쿄의 상류층 가정에서 성장한 청년이다. 그는 무례하고 거칠어 보이기도 하지만, 자기 감정에 솔직하고 정의감이 강한 인물이다. 도련님은 소위 좋은 사람이 되는 법을 배우지 못했고, 세상의 위선에

쉽게 익숙해지지 못한다. 지방 중학교에 교사로 부임한 뒤, 그는 학교 내의 권력 다툼과 이기적인 인간관계를 경험하면서 세상과 본격적으로 충돌한다. 정의로운 척하지만 뒤에서는 음해를 일삼는 동료들, 겉으로만 친절한 위선적인 상사들 속에서 도련님은 자신의 방식대로 진실을 밀어붙인다. 그 무모할 정도로 직선적인 태도는 종종 문제를 일으키지만, 동시에 독자로 하여금 묘한 카타르시스를 느끼게 한다.

도련님이라는 인물은 단순한 사고뭉치가 아니다. 그의 행동 너머에는 사랑받지 못한 어린 시절의 상처와, 타인과 건강한 관계를 맺지 못한 채 자라온 외로움이 자리하고 있다. 그는 끊임없이 충돌하고 실망하며, 그 속에서 세상에 대한 불신과 자신에 대한 의심을 동시에 품는다. 이러한 내면적 균열은 소세키 자신이 살아낸 청년기와 겹쳐진다. 작가 본인의 내적 갈등과 외로움이 도련님이라는 인물에 투영되어, 단순한 캐릭터 이상의 깊이를 부여한다.

그런 도련님 곁에 한 사람, 기요가 있다. 기요는 그가 도쿄에 있을 때부터 곁을 지켜온 하녀로, 도련님을 있는 그대로 받아들이는 존재다. 기요는 도련님에게 정서적 지지이자 유일한 안식처로 작용한다. 그녀의 다정한 말투와 배려는 말로 다 하지 않아도 느껴지는 위로처럼 다가온다. 소세키는 작품 전체에서 유일하게 기요의 존재만큼은 따뜻하게 묘사하고 있는데, 이는 그가 인생에서 바랐던 이상적 관계의 형상이었는지도 모른다. 말하자면 그녀가 남긴 따뜻함은 도련님의 내면을 변화시키는 중요한 힘이 된다.

도련님이 부임한 학교에서 겪는 일들은 지금 읽어도 낯설지 않다. 부조리한 조직 문화, 겉과 속이 다른 인간관계, 손익에 따라 움직이는 도덕. 그 속에서 진심과 우직함은 종종 손해를 본다. 《도련님》은 그러한 세계 속에서 '정의롭게 산다는 것'의 의미를 되묻는 소설이다. 세상을 향한 도련님의 날 선 질문은, 사실 우리 모두가 마음속에 품고 있는 질문이기도 하다. 그리고 그런 질문을 대놓고 던질 수 없는 대부분의 사람들에게, 도련님은 어쩌면 대리인의 역할을 해주는 셈이다.

이 작품이 지금까지도 많은 이들의 마음에 남는 이유는, 도련님의 독특한 성격이나 유머 때문만은 아니다. 그의 이야기에는 인간이 사회와 타인 속에서 겪게 되는 본질적인 갈등이 녹아 있다. 그가 겪는 고립, 상처, 배신, 그리고 아주 드물게 얻는 진심 어린 연결은 지금 우리가 살아가는 세상에서도 여전히 유효하다. 웃음과 고독, 분노와 연민, 성장과 수용. 그 모든 감정이 도련님이라는 한 인물 안에 자연스럽게 어우러져 있다.

기요의 다정한 말투, 도련님의 투박한 진심. 그 둘 사이를 오가며 우리는 따뜻한 무언가에 닿는다. 끝내 도련님은 어른이 되지 못했는지도 모른다. 그러나 그가 내디딘 걸음 하나하나는 분명 성장의 흔적이었고, 그 곁을 스쳐 간 마음 하나하나는 진심이었다. 《도련님》은 그런 진심들이 모여, 고요하고도 긴 여운으로 남는다.